O último ponto

Edson Monteiro

O último ponto

COLEÇÃO NOVOS TALENTOS DA LITERATURA BRASILEIRA

novo século®

São Paulo, 2013

COORDENAÇÃO EDITORIAL Nair Ferraz
DIAGRAMAÇÃO Edivane Andrade de Matos/Efanet Design
CAPA Monalisa Morato
PREPARAÇÃO Marcelo Hauck
REVISÃO Denise Di Camargo

TEXTO DE ACORDO COM AS NORMAS DO NOVO ACORDO ORTOGRÁFICO DA LÍNGUA PORTUGUESA (DECRETO LEGISLATIVO Nº 54, DE 1995)

DADOS INTERNACIONAIS DE CATALOGAÇÃO NA PUBLICAÇÃO (CIP)
(Câmara Brasileira do Livro, SP, Brasil)

Monteiro, Edson
O último ponto / Edson Monteiro – Barueri, SP : Novo Século Editora, 2013. – (Coleção novos talentos da literatura brasileira)

1. Romance brasileiro I. Título. II. Série.

13-11171 CDD-869.93

Índices para catálogo sistemático:
1. Romances : Literatura brasileira 869.93

2013
IMPRESSO NO BRASIL
PRINTED IN BRAZIL
DIREITOS CEDIDOS PARA ESTA EDIÇÃO
À NOVO SÉCULO EDITORA LTDA.
CEA – Centro Empresarial Araguaia II
Alameda Araguaia, 2190 – 11º andar
Bloco A – Conjunto 1111
CEP 06455-000 – Alphaville Industrial – SP
Tel. (11) 3699-7107 – Fax (11) 3699-7323
www.novoseculo.com.br
atendimento@novoseculo.com.br

Dedico esta obra primeiramente a Deus, pelo dom que me foi dado, pela força e oportunidade de realizar o que faço com sensibilidade e amor. À minha família: meus pais, minha esposa, minhas filhas e meus irmãos. Dedico também a todas as pessoas que contribuíram direta ou indiretamente para a realização deste trabalho.

E, por fim, a você, leitor, que é o motivo principal pelo qual me esforço para alcançar a excelência. Espero, do fundo do meu coração, que *O último ponto* possa contribuir para o nosso processo de evolução.

Introdução

Existem quatro coisas em nossa vida das quais não podemos abrir mão. Uma boa cama macia, para descansar bem o corpo e a mente e, assim, aproveitar melhor o dia de amanhã. A segunda coisa é praticar boas ações. Isso trará felicidades. A terceira é ser verdadeiro consigo mesmo. Ser impreterivelmente autêntico é, sem dúvida, a maior sensação de liberdade que uma pessoa pode experimentar. É a construção da própria identidade. Isso nos deixará com os pés firmes no chão quando as turbulências vierem, e não se iluda, elas virão. E a última... bem, a última e mais importante é ter a real noção da própria existência. Não espere! Viva com vontade cada dia da vida. Não como o último, mas como o melhor.

Não consigo sentir minhas pernas nem qualquer outra parte do meu corpo. Meu cérebro consegue pensar em uma velocidade espantosa. Sinto muito frio... É engraçado como o último segundo de nossas vidas é o mais importante de todos. É nele que estão contidas todas as nossas alegrias, todas as nossas derrotas, pecados, pensamentos, frustrações e falas. Se as pessoas tivessem realmente a noção de que tudo na vida é passageiro, respeitariam nosso bem mais precioso depois do amor, o tempo. O mais dramático e excitante é que não conseguimos parar, pausar ou voltar o inexorável. Ele dita a regra e sempre segue seu percurso. Viva nossas memórias! Se estou arrependido de algo? Estou, sim... de um instante a mais de amor que poderia ter vivido com mais intensidade e por algum acaso do destino não vivi. De não ter feito o último brinde com meus amigos, de não ter sorrido mais, de não ter aprendido ainda mais com minhas lágrimas, angústias e sofrimentos. Dentro desse segundo, o filme da nossa vida passa em um flash, com a rapidez de um cometa. Vai da infância até esse momento em um piscar de olhos. Não há nada mais interessante do que a gangorra proporcionada pela vida a alguns mortais. Algo do tipo: hoje não tenho nada para comer, amanhã estou em um sofisticado restaurante francês, desfrutando de um jantar regado a um vinho de boa safra.

Lembro-me de como minha vida começou a mudar...

I

– Vejo seus olhos mergulharem na noite e como um raio atirarem o mais proibido desejo em meus braços. Seu beijo deve ter o gosto do primeiro orvalho colhido à luz da manhã. Com uma natureza tão singela, quem se atreveria a não amá-la em todas as estações do ano? Então, quando mais tarde a dor da saudade bater à porta da minha concepção, desenterrarei de sua raiz o beijo que sonhei para minha boca – disse Juan Carlo Vicenzo, que dançava tango no salão de um hotel-cassino em Buenos Aires.

Uma tradicional orquestra divertia pessoas de todo o mundo. Era um luxuoso complexo que compreendia, além do hotel-cassino, salas de espetáculos musicais, teatro e um belíssimo campo de golfe. Nesse período, era comum ver transitar pelo recinto grandes personalidades conhecidas na América Latina e Europa.

– É um galanteador por natureza. Com um rosto tão perfeito e um charme encantador, quem resistiria a seus galanteios? – sussurrou a dama, que acompanhava o cavalheiro na dança.

Era de fato uma belíssima mulher. Possuía lindos cachos dourados e olhos violeta que eram realçados por sua pele branca. Usava um longo vestido vermelho, que chamava a atenção por onde passava. Sem sombra de dúvida, era a mulher mais linda daquela noite. Com um tom malicioso, a senhorita continuou provocando:

– Gostaria que você desenterrasse meu beijo agora, cavalheiro.

– Estou beijando-a há muito tempo com meus olhos, Katharine. Agora, tocar teus lindos lábios neste momento me roubaria a oportunidade de sonhar contigo. Não quero que seja como as demais que passaram. Com você está sendo especial. Desejo que este encanto permaneça bem vivo. Vou sonhar com o dia em que nos encontraremos novamente, em outro ambiente que não seja um cassino. E dessa vez, a sós. Eu a levarei a um lugar ao qual o acesso só é permitido aos anjos. Não sei se vão gostar do que irão ver... (risos) *mi bella mujer*... nosso cupido marcará outra noite de tango. Tenho que ir agora. Preciso ver como andam os investimentos com meu sócio. *Adiós*!

Depois de sussurrantes galanteios, Juan Carlo deixou o salão e dirigiu-se rapidamente ao salão de jogos. Acendeu um legítimo cubano e pegou uma taça de champagne. Com um estilo elegante e notadamente feliz, o rapaz cumprimentava as personalidades que passavam em seu caminho. Para quem não o conhecia, dava a nítida impressão que pertencia ao mesmo universo. Encostou-se à mesa de pôquer e começou a observar as jogadas com um olhar clínico.

– Ei, companheiro?

De maneira concentrada e irritada, um jovem rapaz, de estatura alta e magra, que encontrava-se jogando, respondeu:

- Onde você estava? Eu aqui precisando de ajuda e você some.

- Estava aprimorando meus passos dançando tango com uma senhorita que caiu do céu... estou apaixonado. Mas isso é uma outra história. E então, como estamos indo?

- Ora, como estamos indo, seu *desgraciado*. Enquanto anda por aí dançando um enfumaçado tango e enfeitiçando corações carentes de paixão como se fosse um vampiro, eu fico jogando em meio a esses veteranos viciados e compulsivos.

- Eh! Velho amigo, pelo menos tentamos... azar no jogo, sorte no amor. Deixemos pra lá, outras oportunidades virão. Dinheiro é somente dinheiro. Temos uma vida pela frente. Pena que não livramos nem mesmo o dinheiro dos aluguéis das roupas. Vamos acordar e voltar para a nossa realidade.

- O problema não são as mãos, mas o que fazer com elas, meu nobre amigo. Essa, sem dúvida, é a principal diferença entre um simples mortal e um gênio, já dizia meu velho pai. Por isso, Sr. Vicenzo, pena eu tenho é de você. Como explicará para seus pais que não vai voltar tão cedo para o Piauí, já que ganhamos duzentos e cinquenta mil dólares?

Espantado, Carlo deu um passo para trás, olhou para o amigo, não acreditando no que acabara de ouvir:

- O quê?! O que você acabou de me dizer?! Não brinque com essas coisas, Lucka.

– Eu sou homem de brincar? E com dinheiro? Eh, meu amigo... é isso mesmo que acabei de falar... duzentos e cinquenta mil doletas!

– Você realmente é um gênio com as cartas, meu caro... fazemos uma bela dupla...você traz o limão e eu faço a torta.

– Não seria o contrário?

– A ordem dos fatores não altera o resultado. Nós nos completamos, parceiro. Eu armo o palco, trago o público e você faz o show...

– Eu sei... eu sei. Formamos realmente uma bela dupla... Ha!Ha!Ha!

Em meio a muitas gargalhadas, trocaram as fichas e permaneceram no hotel do complexo onde acreditaram estar mais seguros. Trancados no quarto, ficaram pasmos olhando para a bolada que cobria toda a mesa.

– Lucka, pede para o serviço de quarto trazer uma champagne de uma boa safra. Ah! Pede também para nos servir com o que há de melhor na cozinha.

Depois de algumas horas e de várias garrafas de champagne, Carlo, eufórico com a noite de conquistas, subiu em uma cadeira e, em tom de brincadeira, começou a declamar poesias, tendo o amigo como plateia:

– Amo-te, destino! Com toda a profundidade do meu amor. Amo-te com todos os sonhos e com toda a minha saúde. Pois, de uma realidade crua, trouxestes mais brilho para nossos sorrisos e mais luz para nosso cotidiano. Parabéns para a vida e para o amor. Que a primavera abra suas portas e coloque toda sua graça e colorido em suas pétalas e que contagie ainda mais nossa essência.

Que as palavras deste humilde boêmio vibrem tão forte quanto nossa juventude.

- Viva, magnífico, Carlo! Você não tem jeito mesmo - vibra Lucka possesso.

♠

Juan Carlo Vicenzo era um jovem de vinte e cinco anos de idade. Tinha o dom natural da beleza. De cor parda, cabelos volumosos, porte atlético e tamanho mediano. Formado em história, era conhecido pela alegria. Onde foi criado, costumavam dizer que, quando nasceu, não chorou como as demais crianças, sorriu. Era filho de um jornalista aposentado e de uma dona de casa. Nascera em uma vila de pescadores no Delta do Parnaíba, litoral do Piauí, nordeste do Brasil. Um lugar de raríssima beleza e de muitos encantos naturais. Lugar de pessoas simples, alegres e de vida pacata, mas que não se deixam enfraquecer por dificuldades. Esse delta se forma no encontro entre o rio Parnaíba e o oceano atlântico. Nesse espetáculo da natureza, forma-se um arquipélago com mais ou menos oitenta ilhas. Esse fenômeno existe somente em três lugares em todo o planeta. É um lugar cuidado por pescadores artesanais que ainda dormem com as portas das casas abertas. Carlo aprendeu com seus pais que a vida é curta e que pode ser prazerosa. Por isso, deveria ser intensa. Seu pai dizia-lhe sempre: "A vida é um livro que nos ensina a ler e escrever a cada instante e a nunca deixar uma página em branco. Toda vez que fizer algo, faça-o com prazer. Faça com empolgação, coloque energia, porque assim deixará as coisas mais bonitas do que elas realmente aparentam ser. Lembre-se: o rico tem o privilégio da escolha, do conforto, da segurança. O pobre tem o dom de colocar vida... de dar um colorido especial às coisas do mundo, pois vive cada momento como o melhor de sua vida. Ele é o melhor nesse assunto. Sabe como ninguém colocar gosto nas coisas. Então, não importa em que contexto você, meu filho, esteja inserido, procure sempre o caminho que lhe traga paz e felicidade. Isso, sim, importa.

Do outro lado, a mais de cinco mil quilômetros de distância, vivia Jean Lucka Barthollo, um jovem também de vinte e cinco anos, nascido na província de Córdoba, na Argentina. Magro, branco, não menos elegante, mas, sem sombra de dúvida, com uma personalidade mais forte. Era formado em administração de empresas e filho de um ex-bancário com uma distinta senhora, professora de uma escola pública primária, filha de espanhóis. Seu pai, depois de ter deixado o banco, ganhava a vida consertando e vendendo o instrumento musical que dita a batida do coração do povo argentino, o *badoneón*. Ele também tirava um bom dinheiro jogando pôquer, tinha um dom reconhecido por todos da província, uma genuína intimidade com as cartas. Com seu pai, aprendeu todos os truques dos jogos e uma lição: "Você não pode se dar ao luxo de ser burro, iludido. Não se esqueça de que você é pobre e pobre não pode errar porque as oportunidades são raras. Portanto, adquira um bom fôlego e nade enquanto seus braços ainda são fortes e lhe obedecem. Nós sabemos que grandes oportunidades não existem em cidades pequenas. Não descanse enquanto não abraçar a linha do horizonte. Não enquanto não chegar ao topo. Seja forte e conquiste o que é seu.

Os dois rapazes se conheceram em um curso de especialização de uma universidade na capital portenha. Os dois, sem dinheiro, passaram a dividir um pequeno apartamento para que pudessem custear suas despesas com os estudos. Carlo havia vendido um cordão de ouro que tinha ganhado de seu pai. Guardava-o para uma eventual emergência, mas decidiu apostar no dom de seu amigo. Era uma chance de virar o jogo e sair daquela situação difícil. E o cassino trazia essa oportunidade.

♠

Já embriagado, depois de ter bebido várias garrafas de champagne naquela noite fria de Buenos Aires, Juan Carlo Vicenzo comentou com seu amigo:

– O que faremos com toda essa bolada, caro Jean Lucka Barthollo? Podemos apostar todas as fichas na Europa. É lá que estão as melhores festas. Podemos voar para Barcelona e curtir noites maravilhosas como as dos nossos sonhos. Podemos fazer coisas que nunca poderíamos imaginar em fazer. É um presente que estamos ganhando.

– Não é uma boa ideia. Não podemos tomar decisões precipitadas. Será que nunca parou para pensar no seu futuro? Olha como vivemos hoje. Até onde eu sei, somos pobres e filhos de pobres. Você não terá sua juventude e beleza para sempre. Acorde! As mulheres que hoje o beijam e lhe proporcionam falsa alegria, com o tempo, irão desaparecer. Quando estiver velho, não irão olhá-lo com esse brilho, companheiro. Os membros não lhe obedecerão com tanta frequência. Quando quiser dançar, não receberá tanta atenção nas rodas dos grandes bailes. Muito menos terá a companhia de quem sempre presenciou suas emoções: a bebida e o cigarro. Podemos pagar nossas dívidas e nos mudar para um lugar melhor, com mais conforto, empreender e ter uma trajetória mais estável. Conseguimos terminar nossa especialização e estamos tentando um lugar no mercado. É a nossa chance!

Carlo, com um olhar profundamente introspectivo, pausou por cinco segundos. Permaneceu olhando fixamente para o amigo.

– O que você entende da vida? Espere, vou reformular minha pergunta. Qual é o sentido da vida para você, Sr. Barthollo? Talvez seja essa vidinha estável à qual você se refere, sem riscos, seguindo a mesma velocidade de vinte quilômetros por hora, sem emoção nenhuma. Vai entrar ano e sair ano e continuará sendo a mesma pessoa chata, que não terá experiência alguma de vida. Terá como desencargo somente o orgulho de ter criado bem seu filho. Filho esse que, convenhamos, dentro de um contexto fraco, de vida sem graça, carente, mais tarde vai ouvir histórias dos pais de seus amigos, porque o dele, em suas reflexões, não terá passado de um covarde que trocou os prazeres que a vida lhe ofereceu de bandeja pela cinza estabilidade financeira. Nas rodas dos grandes bailes, talvez não queiram dançar com um velho enrugado, mas enxergarão com respeito o brilho dos meus olhos. Terão a certeza de que aproveitei muito minha vida. E você? Nem nas prosas de boteco vai estar, pois ninguém o convidará. Para quê? Um velho chato, sem histórias para contar, vai acrescentar o quê? Aí amigo, você não vai ter tempo pra mais nada.

Porque a vida não volta, muito menos dá pausa. No fundo dos meus olhos irão ver que fui feliz, muito feliz. E eu, no mesmo baile, vou dizer à morte: se quiser me levar agora, que me leve. Mas que leve também minhas saudades, felicidades e meu orgulho por ter passado por esta vida e ter deixado minha digital no melhor estilo.

As palavras de Carlo atingiram a alma de Lucka como uma bomba atômica. Sacudiram suas pilastras. Nunca imaginou que seu melhor amigo tivesse engatilhado e atirado uma resposta tão áspera, de impacto seco. Em poucos instantes, sua fisionomia transparecia um ódio jamais sentido antes. Carlo notara que seu contragolpe não tinha sido absorvido pelo, então, oponente. Mas era sabedor de que o golpe que levara primeiramente havia sido dado também no seu ponto fraco, sem dó e sem piedade, embora o tivesse assimilado melhor. Sentiu que a velha amizade nunca mais seria a mesma depois daquele momento.

- Logo, o silêncio foi rompido por uma voz alta, forte e de tom ressentido:

Você pensa e age como se o mundo girasse ao seu redor. Acha que as coisas serão sempre como dizem que serão. Será que sua insanidade é tanta que pensa que pode seduzir as leis do universo?

Sabe, meu caro... nunca tentei seduzir as leis do universo. Pode ser bastante interessante. Sem dúvida, uma grande conquista. É engraçado como fala da sedução. Você a coloca como algo negativo, sombrio. E não é. A conquista é uma arte fantástica, majestosa. Mas não é, de longe, a mais importante. Temos que ser inteiramente responsáveis pelos sentimentos alheios que nos cercam. Não é somente "e foram felizes para sempre". A vida segue, e sempre teremos que nos reinventar para continuar conquistando todos os dias as pessoas que amamos e até a nós mesmos. Agora, vou tomar um banho digno, não de um príncipe, mas de um verdadeiro rei. Porque quando me deparar com as "leis do universo", elas não olharão para mim, não conseguirei seduzi-las.

Jean Lucka Barthollo tivera a certeza de que os extremos realmente são divididos por uma linha muito fina. Aquele amor fraternal que existia até alguns instantes atrás transformou-se em ódio ferrenho. O lado emotivo de seu ex-amigo, que antes era posto como a natureza que lhe dava o equilíbrio, passou a ser visto como um grave e permanente defeito, já que era o senhor da autêntica razão na amizade. A emoção seria, a partir daquele instante, o combustível que alimentaria todo seu ódio. A cada passo que Carlo dava em direção ao banheiro, um flash da convivência dos dois vinha à sua mente. Quando Carlo bateu a porta do banheiro, Lucka enxergou o fim da amizade.

II

Ao sair do banho, Carlo encontrou um bilhete em cima de uma pirâmide de dinheiro: "Vou-me embora e deixo aqui sua parte, cento e vinte e cinco mil dólares. Nossas vidas estão começando iguais, mas com certeza terminarão bem diferentes. Vejamos quem chegará ao topo primeiro". No quarto do pequeno apartamento em que Juan Carlo morava com Jean Lucka, foram encontrados apenas poucos cabides. A cama permanecia arrumada, como se ele não tivesse dormido, e os móveis estavam fora do lugar.

No dia seguinte, Juan Carlo desceu à recepção com sua pouca bagagem e acertou a parte que faltava na despesa. Depois de um café da manhã bem reforçado, dirigiu-se ao hall principal do hotel onde uma limusine o aguardava para conduzi-lo até o aeroporto, como solicitado. Um senhor bastante velho, negro, alto, com o cabelo e a barba brancos como a neve, vestindo um traje de gala, encontrava-se sentado atrás de sua poltrona. O velho observava o olhar do jovem perdido no horizonte.

- Filho, se um dia você enxergar a felicidade em forma de mulher, abrace-a com toda força que tiver na alma, não a deixe escapar. Pois, se isso acontecer, nunca mais a encontrará em outra mulher. Talvez em uma outra vida. Isso se tiver uma estrela, e uma estrela não costuma vir duas vezes para a mesma pessoa.

- Como é que o senhor sabe que...

Carlo se virou rapidamente para perguntar como o velho sabia exatamente o que ele estava pensando naquele momento. Mas o senhor já havia levantado da poltrona e já se encontrava no meio do hall, dirigindo-se à saída do hotel. Intrigado com aquela situação, perguntou a um funcionário do hotel que estava passando:

- Ei, você, quem é aquele velho que vai saindo?

O ajudante respondeu:

- Não o conheço senhor, nunca o vi antes aqui no hotel. A propósito, a limusine o aguarda. Senhor? Senhor?

Carlo Vicenzo estava surpreso. Quem seria aquele velho de boa aparência que acabara de soprar no seu ouvido como um anjo. Como ele sabia exatamente qual era seu pensando naquele momento?

No trajeto para o aeroporto, não conseguia tirar o velho da cabeça. O jovem sempre acreditou na sensibilidade como a maior de todas as virtudes. Muitas vezes recebemos esses avisos, mas os perdemos por não interpretá-los, devido às cicatrizes ou simplesmente por nunca termos entrado em sintonia com essa virtude. A verdade é que o rapaz de vinte e cinco anos tinha em suas mãos a oportunidade de conhecer lugares, pessoas e costumes jamais imaginados. Carlo amava viver intensamente, e a sensibilidade o acompanhava em todas as suas aventuras. Era um presente que o destino havia lhe concedido já que não havia nascido em uma família de posses. Na realidade, era daqueles pobres de ter somente o dia, a noite e um sapato velho com um furo no solado coberto com jornal. Apesar das dificuldades, era bastante polido, de cultura avantajada, com boa educação e tinha consigo o dom da emoção.

Carlo estava perdido em meio a reflexões e pensamentos quando o veículo se desgovernou, saiu para o acostamento e se chocou com um poste de alta tensão. Ainda faltava um bom caminho até o aeroporto.

- O senhor se machucou? O motorista jogou o ônibus para cima da limusine, desculpe, mas não foi falta de atenção.

- Tudo bem, não se preocupe. Foi somente um susto.

- Olha, o senhor está sangrando. Vamos a um hospital. Fica próximo daqui.

- Foi apenas um pequeno corte na altura do supercílio. Vou àquela agência de viagens lavar o rosto e ver se faço algum curativo. Tome as providências necessárias para nos tirar daqui. Não se esqueça de que tenho que embarcar. Não temos muito tempo.

- Não se preocupe, senhor, já estou entrando em contato com o hotel para que mande outro veículo agora mesmo.

Ao chegar à agência, foi rapidamente atendido por uma agente de viagens na recepção:

- Bom dia, senhor. Em que posso ser útil?

- Acabei de sofrer um pequeno acidente. Gostaria de limpar o ferimento, se for possível, é claro.

- Espere um instante. Vou pegar a bolsa de primeiros socorros. Farei um curativo rapidinho. Enquanto isso, vá ao banheiro e lave o rosto.

Enquanto a moça fazia o curativo, Carlo Vicenzo ficou com a cabeça imóvel, observando um cartaz que logo lhe chamou a atenção:

– Fale-me dessa viagem, senhorita, por favor.

–De que viagem o senhor está falando? Temos vários pacotes para muitos lugares no mundo.

– Esse cruzeiro que tem como tema "*Una noche en Barcelona*". Fiquei interessado e gostaria de mais informações.

– Ah! O senhor se refere ao luxuoso cruzeiro Les Imortales. É um sonho! É o nosso roteiro mais procurado. Todas as estadias serão em hotéis cinco estrelas, com toda estrutura, conforto e acompanhamento profissional. O cruzeiro passará por três continentes. Serão seis países, onde os passageiros serão recebidos com festas temáticas. O Les Imortales partirá daqui, de Buenos Aires, no porto do rio da Plata. Seguirá para Punta del Este, no Uruguai, onde ficará dois dias. Depois o destino será o Rio de Janeiro. Haverá uma festa de gala no tradicional Copacabana Palace. Serão três dias de estadia. Em seguida, o transatlântico irá aportar na costa africana por dois dias, mais precisamente, na ilha paradisíaca de Praia, em Cabo Verde. Uma parada de três dias no Marrocos para visitar a cidade exótica de Casablanca. Também será oferecido um tour opcional para Marrakesh. O Les Imortales passará pelo estreito de Gibraltar e, por fim, Barcelona, última parada, com uma noite de sonhos inesquecível.

– Quando atracará na mais bela cidade da Espanha, Barcelona?

– Não, senhor, não atracará na Espanha. Mas na Catalunha... Nunca, em hipótese alguma, chame um catalão de espanhol. Isso poderá trazer sérias consequências.

Carlo notara que a mocinha, possivelmente, era catalã. Ele sabia que não havia nada mais perigoso do que ferir um coração patriota. Principalmente em situações em que a região luta pela independência. Às vezes se paga pela ignorância. Sabendo disso, tratou de desfazer logo o erro cometido:

- Perdoe-me, não queria magoá-la ou mesmo ofendê-la. Não me lembrava da luta de seu povo. Mesmo assim, peço desculpas.

- Tudo bem. Meu povo sonha com o dia em que nos tornaremos independentes. A Espanha é vários países dentro de um.

- Voltando para a viagem dos sonhos, digo a você que, para quem gosta de emoções fortes, essa realmente é pra marcar a vida de uma pessoa. Fale, minha linda flor da Catalunha, quanto me custaria uma aventura dessas?

- Sinto muito informar que o Les Imortales sairá amanhã e não temos mais vagas disponíveis. Terá que esperar por outra oportunidade, senhor.

- Temos, sim.

Respondeu uma outra agente que prestava atenção na conversa:

- O senhor David O'Neill não poderá viajar por motivos de saúde. A filha dele acabou de ligar desmarcando a viagem do pai.

- É seu dia de sorte, senhor...

- Vicenzo, Juan Carlo Vicenzo. Tenho mesmo muita sorte, minha flor. O que seria de um homem sem a sua sorte. Eu sabia! Essa vaga estava guardada para mim. Tenho alguns probleminhas e gostaria que você me ajudasse a resolvê-los. É sobre uma outra viagem que eu ia fazer. Meus pais vão ter que esperar mais um pouco para me ver.

Depois que o aventureiro entregou a documentação para os trâmites necessários para a viagem, a limusine que veio do hotel já o aguardava:

- Senhor, a limusine está à sua espera para levá-lo ao aeroporto.

- Não, meu caro amigo, houve mudança no percurso. Leve-me de volta para o hotel.

E continuou:

- Por favor, minha linda senhorita, ligue-me para confirmar o horário, roteiro e outras *cocitas más... Permisión.*

O rapaz estava empolgado e decidiu renovar seu guarda-roupa. Comprou roupas, calçados e acessórios. Voltou ao hotel para descansar. O dia seria bastante agitado e teria que se apresentar bem, pois só existe uma primeira impressão, não poderia desperdiçá-la. Vicenzo carregava uma estranha sensação de que essa viagem mudaria de alguma forma seu destino para sempre. Isso o atraía.

III

- Senhor Vicenzo, aqui é da recepção. Gostaríamos de informar que já são sete e meia. O alfaiate do hotel encontra-se à sua disposição, como o senhor solicitou.

- Ok, peça-o para subir. Aproveitando a oportunidade, mande meu café da manhã. Diga para deixarem o carrinho bem bonito, com flores, estou olhando pela janela e o céu aqui está mais azul. Hoje o dia promete, caro Emilliano Garcia.

- Sim, senhor Vicenzo. É bom ouvi-lo disposto dessa maneira. Vou tomar providências para que tudo saia do jeito que o senhor deseja.

Após quinze minutos, o servente entrou com o café da manhã acompanhado do alfaiate, que se assustou ao ver Juan:

- Eu pensei que o senhor fosse...

- Velho.

Completou Carlo, que havia parado na frente do alfaiate, de roupão e com o cabelo ainda molhado.

– Vou lhe contar minha fábula, assim o amigo entenderá melhor. Certo dia me encontrava sentado, tomando um drinque em um bar próximo de casa, como já era habitual. Estava cansado, perdido em lembranças das aventuras que tive quando jovem. A vida tinha passado rápido e me dei conta tarde demais para que pudesse promover qualquer tipo de mudança. A idade havia tirado de mim muitas coisas que eu gostava de fazer, mas a experiência dava o conforto para minha alma. Minha carcaça não acompanhava mais o ritmo. Tinha passado a viver daquela forma triste, limitada. Então, quando saí do bar, era madrugada fria, com um nevoeiro diferente do usual. Saí a caminho de casa, como sempre fazia. Ao passar em frente a um beco bem escuro, a uns cem metros da minha rua, um velho negro, alto, magro, de cabelos brancos e chapéu me chamou:

– Ei, você... Pode vir até aqui, por favor?

Não dava para vê-lo muito bem. Fiquei receoso em entrar naquele beco. A garoa naquela noite não deixava nem o rosto dele à mostra. O rosto do ancião permanecia oculto.Do meio da rua, respondi sem titubear: – O que você quer? Eu só tenho este lanche. Se o senhor quiser, pode vir buscar.

– Você não precisa ter medo. É um bom homem. Vejo em seus olhos, e os olhos não costumam mentir. Eles mostram a força que cada pessoa carrega. É possível enxergar a compaixão que você possui. Dificilmente pessoas que possuem compaixão não são boas. Só não consigo compreender por que carrega tanta tristeza.

– Acho que o amigo não está enxergando muito bem. Já estou no inverno, na última estação da minha vida.

Praticamente com as velas em cima do peito. Qual motivo teria para andar sorrindo? A gente sabe que quando se é velho nada temos a fazer a não ser esperar a senhora dama de preto nos chamar para a última dança. E torcer para não sofrer muito. Isso, amigo, já será muita sorte. E, a propósito, não estou com medo de você.

- Você tem certeza que se fosse jovem novamente seria uma pessoa mais feliz do que é hoje?

- Lógico que sim. Quem não seria? Poder correr na praia, fazer amor incansavelmente com a mulher da minha vida, ir todos os dias bailar, brincar. Teria, sim, uma vida plena e feliz. Mas de que adianta imaginar o impossível? O velho foi recuando e finalizando a conversa.

- Boa noite, meu amigo. Vá pra casa. Quando você acordar, terá um terço da sua idade atual. Vejamos se sua felicidade está mesmo condicionada à juventude, como você imagina.

- Ha!Ha!Ha... o amigo é uma boa pessoa, sabia? Conseguiu me fazer rir. Boa noite!

E continuei:

- E eu é que estou ficando maluco... Ha!Ha!Ha!...

Na manhã seguinte, ainda na cama, acordei mais disposto do que o normal. Ao passar em frente ao espelho, levei um susto. Eu estava jovem novamente, era incrivelmente fantástico. Havia realmente acontecido o que o velho mendigo tinha me dito. Como era possível aquilo acontecer? Minha musculatura era outra. Enxergava bem novamente. O que mais eu poderia desejar?

Fiz tudo que falei que iria fazer. Com o passar do tempo, fui me sentindo cansado novamente. Faltava um sentido para a vida. Não me sentia à vontade com o comportamento impulsivo e superficial daquela juventude. Eu estava mais egoísta, e minha mulher estava velha demais para minhas aventuras. Meus amigos também não acompanhavam meu ritmo e sentiam inveja do que havia acontecido comigo, era natural. Um a um, foram sumindo. Comecei a perceber que estava fazendo as mesmas coisas que me levaram a ser como eu era antes da tal mudança, triste. E o pior é que não conseguia enxergar minha própria identidade. Parei, olhei e refleti. Cheguei à definitiva conclusão de que sofria por sentir saudade das pessoas com quem tive o privilégio de conviver, de que tenho que procurar ser feliz em todas as estações da vida. Se eu continuasse jovem, fora da minha realidade, iria ficar desperdiçando tempo com o que não precisava ou com alegrias momentâneas que logo seriam facilmente esquecidas. A vida é uma contagem regressiva para a morte. A diferença é que algumas pessoas passeiam pelo caminho e outras se deixam atropelar pela vida. É somente uma questão de saber em que contexto queremos estar inseridos e o que fazemos para tal. Como não enxerguei essa realidade? Vivia anestesiado até então. Por que desperdiçar esse precioso tempo com coisas pelas quais não vale a pena viver? Com pensamentos que servem somente para me assombrar? O que faz bem para mim, de fato, é compartilhar, pulsar amor e felicidade. E, verdade seja dita, pessoas felizes não têm medo de morrer. Portanto, debruçar e chorar de pouco ajudará. As atitudes voltadas para a verdadeira felicidade me fizeram acordar e reconhecer o que sou de verdade, sem a máscara e as falsas alegorias. Não permitirei sentir a vida cortar minha alma e minha trajetória. Não mais me deixarei ser levado, em meio à escuridão, para o declínio final antes da hora. Feliz aquele que tem disposição para amar e ser feliz ou pelo menos para recomeçar. Hoje, vou ao beco todas as noites. Volto para encontrar o velho. Nunca mais o encontrei. Queria muito vê-lo novamente e dizer-lhe que aprendi a lição. Dizer com propriedade que descobri o sentido para minha vida. Que meu estado de espírito está renovado. Renasci, e isso já é o suficiente para a minha vida. E essa bendita felicidade é plantada e colhida dia a dia, não mais que isso.

- Que magnífica fábula, senhor. Perdoe-me. É que geralmente minha clientela é de senhores com o dobro ou o triplo da sua idade. Por favor, não se ofenda com meu espanto.

- Não por esse motivo, acalme-se, pois o senhor tem uma tarefa importante. Na verdade, sempre tive vontade de possuir um terno feito especialmente para mim. E a vida me deu oportunidade de realizar alguns dos meus desejos. A cada um que realizo sinto a felicidade me abraçar. Não tenho posses. Posso até parecer, senhor...

- Di Biaggio, Franco di Biaggio, a seu dispor.

O alfaiate nunca havia visto tanta serenidade em um olhar tão cheio de vida. Era como se o rapaz apresentasse a experiência de um senhor de aproximadamente setenta e cinco anos, só que em uma carcaça de vinte.

- Faz-me companhia no café?

- Não, obrigado pela gentileza.

- Não querendo abusar e já abusando de seu precioso tempo, peço que aguarde enquanto recomponho minhas energias. *Permisión*.

Assim que começaram a tirar as medidas, o telefone tocou. Era da agência de viagens, e informavam que a documentação, as passagens e o roteiro se encontravam na recepção do hotel:

- Senhor Vicenzo, o Les Imortales sairá pontualmente às vinte horas. Por favor, apresente-se uma hora antes do embarque para acomodação das bagagens e verificação por parte da segurança. *Buen viaje*!

À medida que se passavam as horas, a expectativa aumentava. O grande momento estava se aproximando. Encontrava-se ansioso para viver aquela incrível experiência. Com um sorriso que não cabia no próprio rosto, o simpático aventureiro tomou um banho digno de um rei, vestiu seu *black tie* caprichosamente e ficou se admirando no espelho: "Nossa! Dom Carlo, você está impecável. Quem não ousaria confundi-lo com um lorde, tamanho é seu estilo? E estilo, ou você nasce com ele ou esqueça.

- Por favor, gostaria que providenciasse a limusine para daqui a uns vinte minutos. Prepare a conta, que estou descendo para acertar tudo.

Depois da conta acertada, dirigiu-se ao hall para esperar o veículo. O hotel era um lugar aconchegante, que trazia o charme do século XIX, com espelhos enormes de uma tonelada e meia, quadros magníficos e um lustre que costumam ser vistos em filmes de época. Muito ansioso, observava os detalhes dos quadros, das estatuetas e a elegância das pessoas que por ali circulavam. Afinal, poderia ser a última vez que estaria naquele local. Ao descer o olhar, deparou-se com o senhor misterioso que havia lhe falado como um anjo na manhã anterior.

- Ei, ei, o senhor aí, me dê um minuto da sua atenção, por favor.

- Sim, meu rapaz, em que posso ajudá-lo?

- Por que o senhor me falou aquelas coisas ontem?

- Porque você precisava ouvir aquilo naquele momento.

- Mas como sabia o que eu estava pensando?

- Seu olhar, filho, dizia tudo. Não precisava ser um bruxo, se é o que está pensando. O olhar mostra mais do que você imagina, principalmente o das pessoas emotivas.

- O que meu olhar diz neste momento? Pode me dizer?

- Apesar da felicidade que carrega em sua alma, nunca esqueça de que, quando tudo parece estar perdido na vida, é aí que percebemos que o fundo do poço serve para nos impulsionar para sair e não para que nos sentemos e acendamos um cigarro.

Perplexo, o rapaz ficou olhando para o além e refletindo sobre as palavras do ancião. Quando se deu conta, procurou o senhor, que havia desaparecido novamente. No mesmo momento, o chofer agasalhava sua bagagem na limusine.

Passada a perplexidade, a ansiedade acompanhava o espírito aventureiro que vinha crescendo a cada instante em que se aproximava do porto. No local de embarque, a surpresa foi grande. O Les Imortales era um prédio de luxo flutuante e todo iluminado. Uma estrutura imponente. O rapaz por fora aparentava estar calmo, mas por dentro estava gritando. Na entrada, muitos carros de luxo e muitos seguranças. Tripulantes passando de um lado para outro. Muitos policiais e profissionais da saúde fazendo a inspeção de tudo que entrava no navio. Uma vistoria minuciosa.

Logo depois o rapaz dirigiu-se para as dependências do transatlântico. Parecia que estava participando da entrega do Oscar. Pessoas elegantes e sempre bem-humoradas. Carlo tratou de checar as acomodações. Nunca estivera em uma embarcação daquele porte. Foi para o salão principal, onde acontecia uma calorosa festa para recepcionar os passageiros e apresentar a tripulação. Tomou uma taça de champagne e acendeu o bom e velho charuto cubano. Tudo estava maravilhoso, mas sentia que lhe faltava algo. O amigo Barthollo, que poderia estar dividindo essa felicidade, como em outras oportunidades. Se tivesse consciência de que a primavera dura tão pouco tempo, talvez turbinasse mais o desejo de viver.

Mesmo não tendo ninguém de quem se despedir, deslocou-se para a proa do navio para observar os passageiros acenando para as pessoas que ficaram no cais. Perdido em recordações, seu pensamento parou na imagem de uma linda boneca de porcelana que havia deixado no cassino. Sentia sua alma chorar e uma saudade ficou imaculada em um lugar onde o dinheiro e o glamour não ousariam entrar: o coração. Subitamente, a orquestra começou a tocar o tango que marcou o último encontro. Parecia uma provocação. Veio a certeza de que nada nesta vida é por acaso. A música trazia vida às lembranças, e estas se tornavam tão perceptíveis que, ao fechar os olhos, parecia sentir o tempo voltar.

De repente, uma voz doce se propagou em direção àquela proa. A noite estava fria e cheia de estrelas. Era final de outono. A voz era tão sutil que não parecia real, somente fruto de sua imaginação.

- Carlo.

Ele não acreditava no que estava ouvindo. Tinha receio de não ser verdade. Seus membros congelaram, sua respiração ficou ofegante só de imaginar a possibilidade de ser a dona de seus pensamentos. Continuou com os braços apoiados olhando o Les Imortales afastar-se do porto.

Novamente, a voz o chamou. Dessa vez, tinha a certeza de que era real.

- Katharine. Eu não acredito. Não esperava que o cupido marcasse um encontro tão rápido. Que maravilhosa surpresa. Estava pensando em você neste momento. Acho que meu pedido foi atendido pelas estrelas.

- Também não acreditei quando o vi passar pelo salão. Não consegui tirar você dos meus sonhos desde aquela noite.

- Ham, ham, ham... *me acompaña para más una danza, señorita?*

- *Sí, Caballero, solamente sí hablar palabras bellas para mío corazón otra vez?*

Os dois dançaram emocionados com o reencontro. Não acreditavam. Dos olhos de Katharine desciam lágrimas cristalinas. Era um momento em que seus corpos se completavam. Carlo a beijou, invadindo assim seu coração e tomando seu mais íntimo desejo. Suas essências entraram em sintonia como dois cometas em harmonia. Suas mãos deslizavam no corpo um do outro. A pele macia de Katharine o deixava incontrolável. Os corações incendiavam aquela noite. Se por algum motivo acontecesse alguma decepção, ela deixaria uma cicatriz de tal proporção na alma deles que o encanto se quebraria (aquele brilho que procuramos nas pessoas e que muitos chamam de êxtase).

– Realmente valeu a pena esperar para desenterrar aquele beijo que guardou em minhas mãos. Ainda não acredito que estava certo. Como sabia que o acaso marcaria mesmo um encontro?

– Sou um homem de fé. Sempre acreditei. Agora viva comigo todo este momento, meu amor... eu a levarei para perto dos anjos... o píncaro de toda razão do viver... do sentir... do desejar... Hoje pertenço a você, como a lua pertence à noite.

Tomados por um ávido impulso de prazer, começaram a se beijar novamente sem sequer parar de bailar. As estrelas daquele lindo céu negro voltaram suas atenções para aquele lindo casal em chamas. Carlo, com sutileza, conduziu sua princesa aos aposentos dele e abriu um bom vinho tinto seco. O quarto estava à meia luz e Billi Holiday dava o tom ao clima.

Katharine resolveu provocá-lo:

– O cavalheiro costuma ser atrevido com todas as mulheres que frequentam seu quarto?

– Não. Somente com as que valem a pena. E garanto, senhorita, que nenhuma chegou, sequer, perto de ofuscar seu brilho.

– Sinto verdade no seu coração...

– Como sabe do meu coração, senhorita, se me vê pela segunda vez?

Carlo a testou, prolongando a brincadeira, mas mantendo o tom de sedução.

– Ele está para sair dos seus olhos.

Em meio a esse devaneio, começaram a se entregar à sensualidade e caíram nos braços de Afrodite. Um deleite jamais sentido por ambos. Era de tal proporção que nada passava despercebido, como num sonho. O olhar entregue... o cheiro dos corpos... o entrelaçar das mãos... a posição dos lençóis... e o silêncio. Este rompido apenas pela respiração ofegante de ambos.

Em meio a um gostoso e merecido descanso, Katharine o abraçou com uma pergunta:

- Você é fiel?

- Isso é relativo... a quê? A quem?

- A uma mulher que diz amar.

- A fidelidade primeiramente é para consigo mesmo e para com o sentimento. Você não pode oferecer o que não possui.

- Você é bem diferente de tudo que já conheci. É complicado tentar entendê-lo, mas é muito simples amá-lo.

- O amor não precisa de explicações. É como um tango. Enfumaçado de paixão e harmonia. Não se ouve um tango... se sente um tango. Em todos os lugares podemos sentir sua existência. Vamos pegar como exemplo o jardim de sua casa. Uma rosa não empresta sua beleza. Ela se oferece em troca de um gesto de ternura. Se você não demonstrar um gesto de sensibilidade, ela ficará invisível aos seus olhos. Assim também é com um filho. Se você criá-lo com amor, terá um amigo para sempre, um companheiro fiel. Poderá confiar nele de olhos fechados. Compreende? É uma força gigantesca. O sonho de toda pessoa é encontrar o amor. Quando o encontra, não sabe o que dizer... muito menos o que fazer com ele. Sonho com um filho. Ele se chamará Átila. Nunca me esqueço de que a Natureza é, sem dúvida, a digital de Deus, e Deus é amor da forma mais simples, autêntica e pura. Plante o mal e verá o universo se revoltar contra você, pois todas as coisas e pessoas estão conectadas. Nunca ouviu falar da lei do retorno?

– Você tem uma espiritualidade muito aguçada. Sinto muita paz quando estou com você. Ao seu lado, a felicidade me seduz. Sinto-me completa. Agora evolua mais meu espírito com seu beijo...

– Não precisa pedir novamente

Aos primeiros raios da manhã, Katharine se vestiu, escreveu às pressas um bilhete e o colocou ao lado do abajur. A linda garota ficou admirando seu príncipe por alguns instantes e foi para seus aposentos antes que seu pai, Judith ou algum empregado notasse sua ausência.

O rapaz, ao acordar, sentiu a falta da moça. Virou-se para o lado e encontrou o bilhete. Apressado, leu o seguinte teor:

> "Meu anjo, muito obrigada por me mostrar um céu jamais visto e que nunca imaginei que fosse capaz de existir. A noite com você foi maravilhosa e intensa. Como em um sonho. Estou em êxtase com tudo o que vivi e aprendi. Gostaria de ter ficado vendo-o dormir e acordar abraçada com você. Mas infelizmente não pude (ainda). Teria o maior orgulho se eu fosse a mãe do seu Átila...
>
> Beijos!!!
>
> Katharine Manzon"

O rapaz passou dez minutos abraçado com o travesseiro antes de ir para o banho e preparar-se para o café.

IV

- Gostaria de falar com o senhor Capriatti Manzon.

- A quem devo anunciar?

- Jean Lucka Barthollo.

- O senhor tem hora marcada?

- Não, filha. Quem tem hora marcada é o dinheiro do seu patrão.

- Sinto muito... mas...

- Diga que sou o rapaz que o derrotou no cassino na noite passada, ele se lembrará.

Depois de Jean ter aguardado por quase meia hora na recepção do escritório em Buenos Aires, Capriatti apareceu na porta de sua sala para constatar se realmente se tratava do rapaz que o havia humilhado e ganhado um bom dinheiro na noite anterior. Ele olhou para o rapaz como quem olhava para um inseto.

- Diga, garoto, não tenho tempo a perder com vermes como você. Aliás, você é bastante corajoso em vir me procurar depois de ter me tirado uma fortuna.

Com um sorriso irônico, Barthollo levantou-se da poltrona, caminhou na direção do empresário e respondeu num tom calmo, sereno e com muita propriedade.

– Sei que é um homem muito ocupado, não viria aqui se não fosse para trazer a oportunidade de o senhor obter muito lucro. Agora não banque o mal educado e me convide para entrar.

Com um olhar de quem estava duvidando, mas ao mesmo tempo curioso, o velho carcamano sinalizou para o segurança, dando permissão para que o deixasse entrar. Com um ar de raposa velha, ele indagou:

– O que um verme como você tem para me oferecer? Não acredito que tenha alguma coisa que possa me interessar, portanto...

– Dinheiro... o que mais o senhor desejaria?

– Se estiver brincando comigo, mando os seguranças lhe colocar no ventre de sua mãe, garoto.

– O senhor sabe do meu talento, pôde constatar ontem no cassino. Estou aqui para lhe oferecer meus serviços.

– Que serviços?

Barthollo sabia que quem procura trabalho tem que demonstrar segurança e convicção. Desde o traje até a maneira de falar, pois em qualquer lugar do mundo causará uma boa impressão. E uma pessoa como Capriatti presta atenção até na respiração da pessoa.

– Sei que seu cruzeiro sairá esses dias, e seu crupiê está velho e muito doente. Além disso, é muito fraco. Não se envolve com as pessoas na mesa, nem as empolga.

– E quem disse que você é a pessoa de que preciso?

– Não vai encontrar um melhor do que eu para esse lugar. Além do meu talento com as cartas, sei persuadir...

principalmente aqueles com os bolsos empanturrados de dólares e cheios de vaidade que frequentam os cassinos.

– Vamos dizer que eu o contrate. No caso, faríamos um teste, se eu o aprovar, podemos sentar para negociar um salário.

Barthollo pensou rápido. O profissional que aceita a primeira oferta logo de cara demonstra desespero, desocupação ou falta de qualidade. Não atribui valor a seus serviços e consequentemente não desperta interesse no contratante. Com isso, não consegue respeito. O segundo ponto a ser observado nesse tipo de jogada é que o contratante sempre oferece menos do que o serviço realmente vale. É lógico que o pretendente tem que ter a certeza da necessidade dos seus serviços. Na vida ninguém é insubstituível, mas ninguém abre mão do melhor.

– Não. O senhor me pagará por produtividade. Posso render cinco vezes mais que todos os seus empregados juntos. – Agora é o senhor que está brincando comigo. – Está ficando louco. Não pago ninguém por produtividade. Bata a porta quando sair. Bom dia, rapaz.

Barthollo entrou de fato no jogo. Blefou e lançou sua cartada de mestre para matar o jogo.

– Pois tudo bem. Já haviam me dito que seria assim. Vou aceitar a proposta do senhor Edino Carrara. Ele se interessou por meus serviços desde quando ganhei ontem na mesa. Foi um prazer falar com o senhor. Até logo.

Quando o jogador virou as costas em direção à saída, o velho não aguentou e mordeu a isca.

– Quanto aquele mafioso lhe ofereceu?

– O suficiente para aceitar neste momento.

– Pois bem. Pagarei por produtividade. Isso se você se sair bem no teste que faremos logo mais.

– Não irá se arrepender.

– Eu espero que não... Só estou lhe dando essa chance porque você se parece muito comigo quando eu tinha a sua idade. Volte aqui logo mais à noite. Agora pode sair. Bata a porta.

– *Va bene, signore. Arrivederci.*

A diferença básica existente entre uma pessoa de sucesso e uma pessoa comum é a ousadia. Para as pessoas de sucesso, esse momento é apenas o primeiro passo. A oportunidade clara de se chegar ao topo. Para os demais, os comuns, significa acomodar-se. Permanecer na inércia para se aposentar como um crupiê e assegurar um bom salário para o resto da vida e mais cinco minutos. Barthollo sabia o que queria.

V

O Les Imortales partiu rumo a Punta del Este, levando na bagagem de seus nobres passageiros sonhos, glamour, desilusões, aventuras e mistérios. Pessoas, muitas delas sem brilho próprio, que não sabiam sequer a razão pela qual estavam vivas, que se acomodaram em apenas aceitar suas próprias tristezas e falsas ou poucas alegrias. Deixaram que a vida as atropelasse com a força do comodismo. O preço que essas pessoas pagam no final é bastante caro.

- Como se chama senhor?

- Smith ... John Smith, garoto.

Carlo, sem ter com quem conversar no cruzeiro, encontrou um senhor de 62 anos de idade sentado numa ala do navio onde costumavam se reunir as pessoas de maior poder aquisitivo. O velho se apresentava indiferente à paradisíaca paisagem que estava à sua frente.

O rapaz mais uma vez tentou conversar:

- Linda paisagem! Não acha?

- Não... já estou acostumado com tudo isso. Para mim é indiferente. É apenas mais uma dentre tantas que meus olhos alcançaram. Não vejo mais graça, cansei. Sou viúvo, e se não viajar meus filhos irão me visitar regularmente para cobrar que me afaste das empresas que eu construí durante toda minha vida. Dizem que sentem pena de mim por viver sozinho em casa desde que a mãe deles faleceu. Minhas noras falam comigo quase que obrigadas pelos meus filhos. Tolas, elas não sabem, mas depois de uma certa experiência, as pessoas entendem as outras mais por meio dos gestos e do olhar do que por qualquer outro tipo de linguagem. Meus netos. Estes se comportam como abutres, na pior concepção da palavra. Quebram tudo. Não se importam com nada. A não ser em me abordar para pedir dinheiro. Tenho minha vida. Ou pelo menos o que ainda me resta dela. Tenho minhas manias, minhas vitórias, minhas decepções, minha ideologia, o meu próprio jeito de ser. Só quero que respeitem a maneira com que conduzo minha vida. Falam que é cuidado, ou até mesmo amor, mas o amor nasce da liberdade. Não existe outro canteiro para o amor verdadeiro. Ninguém tem o direito de querer conduzir a vida das pessoas. Isso é um equívoco terrível que na maioria das vezes descobrimos apenas na maturidade. Se não fosse para termos o livre-arbítrio, Deus não o concederia a nós. E você? Parece estar na sua primeira viagem.

– E, se depender de mim, terei várias primeiras viagens, pois por onde passo não me canso de admirar o que é de fato belo. Admiro as paisagens como se fosse a última vez que pudesse vê-las. Desculpe-me, mas se eu tivesse com tantas primaveras como o senhor, aí é que eu iria admirá-las mesmo. Não me importaria com meus filhos. Primeiro, permitiria importar-me comigo, sabe por quê? Porque se eu não for feliz, como vou transmitir felicidade para eles e para as outras pessoas? Isso não é egoísmo. Como posso lhe oferecer uma maçã se eu não a tenho para saciar-me? A sua colocação em relação à liberdade do amor está correta. Mas isso não implica dizer que por esse detalhe, queira, entre outras escolhas, ser chato, como está sendo. Ao invés de se martirizar, esperando mudanças por parte das pessoas, por que não reflete e tenta mudar sua própria visão diante dos fatos? E sem essa de dizer que está velho demais para mudanças. Por que acha que a água é tão poderosa? Preste atenção em como ela sempre cede às várias situações na natureza, mas jamais é vencida, assim como as pessoas que buscam a felicidade. Estamos aqui no mundo para nos adaptarmos sempre às mudanças. Sem temê-las, com o perdão da palavra. E, amigo, *se me permite,* essa é a chave que abrirá suas portas. Tente, valerá a pena.

O senhor ficou em silêncio por alguns instantes. Estava como se estivesse engasgado, totalmente mudo e sério. Carlo começou a demonstrar preocupação em ter usado palavras ríspidas. Sinceras, é verdade, mas duras. Mexer com paradigmas pode não trazer boas experiências para pessoas conservadoras.

– Senhor Smith, eu não queria ofendê-lo nem causar constrangimento. Desculpe-me.

O velho continuou ininterruptamente calado. Naquele instante parecia que estava passando um filme na cabeça dele. Os olhos perdidos no vazio ficaram trêmulos, cobertos de lágrimas e notavelmente frágeis. De repente, rompeu-se o silêncio com uma gargalhada, o que assustou o jovem. Ele não queria mais parar de sorrir. Estava rindo dele mesmo, pois estava se libertando de muitas amarras que há tempos o haviam encalhado. A MUDANÇA COMEÇA COM "*SE PERMITIR*": Expressão-chave que abre todas as portas, já que a vida é uma metamorfose. Tão simples como as coisas mais importantes do universo. Os sábios percorrem uma vida atrás de sabedoria e no final da jornada descobrem que o objetivo de sua procura está nas coisas simples que a vida oferece.

– Filho, não tenho que desculpá-lo. Tenho que agradecê-lo. Feliz aquele que enxerga um novo amanhecer. Você me trouxe a oportunidade de enxergar as coisas de um ângulo diferente. E nem sequer me conhece. Em que ala do navio você está?

– Em uma cabina aqui embaixo, na classe econômica.

Não tem problema. Espero você no bar do salão principal. Hoje será meu convidado. Fez-me refletir e com isso me devolveu uma coisa que pensei que tivesse perdido: o sabor pela vida. Não tem ideia o que significa esse gostinho, ou melhor, sabe, sim. É como se eu estivesse nascendo pela segunda vez. Sinto-me vivo novamente! E isso realmente importa. Quando voltar, terei um comportamento diferente com meus filhos, noras e netos. Colocarei os pontos primordiais que acho conveniente. Falarei e agirei com mais naturalidade, sem formar opiniões com antecedência. Eu me permitirei fazer isso. Olha que paisagem realmente magnífica!

Juan Carlo Vicenzo sentiu-se feliz por ter contribuído para a recuperação de Smith. Era um passo a caminho da eternidade. O que é de fato importante na existência humana. Cada cabeça definitivamente é um microcosmo.

Ajude e respeite, assim estará dando um gigantesco passo para o amor definitivo.

A noite chegou e com ela o fascínio das festas temáticas do cruzeiro. Para a grande maioria, uma noite como qualquer outra em um cruzeiro, mas para outras pessoas, um encanto semelhante ao de uma criança num parque de diversões. Uma euforia contagiante. Para estas, os olhos não se cansavam de registrar tudo, sem perder nenhum detalhe. O tema da festa na ocasião foi o BAILE DO COMANDANTE. Nesse evento, o comandante e alguns comandados do transatlântico são os anfitriões da noite. Uma espécie de festa de boas-vindas. Uma orquestra bem afinada tocava músicas de gala que marcaram época. Bailarinos eletrizavam o público com uma coreografia bem executada. Cada mesa estava decorada com um pequeno abajur ao centro. O baile trazia um glamour já anunciado na decoração. Um convidado não tão ilustre se aproximou da mesa onde estavam os mais bem-sucedidos empreendedores da América Latina. Observou a mesa por alguns instantes e foi ao encontro de quem o tinha convidado:

- Boa noite, Sr. Smith... senhores.

- Boa noite, filho. Acomode-se.

Os senhores ficaram observando aquele jovem com um sorriso diferenciado em meio a eles. Olharam-no dos pés à cabeça e não demoraram muito para desaprová-lo com olhares de condenação. Se fosse um nobre, eles o reconheceriam com certeza. Mas o garoto os intimidava com outra forma de poder, a formosura. Mas não fariam a desfeita com o amigo Smith. Isso os tornaria deselegantes.

– Gostaria de apresentar uma pessoa encantadora que a vida me deu a honra de conhecer esta manhã. Carlo, fique à vontade. Estes são amigos e sócios de alguns negócios. Sinta-se à vontade.

– Não sabia que você trocava experiências com criados do cruzeiro, Smith. Ele deve ter histórias interessantes e curiosas para acrescentar-nos. Fale alguma coisa. Vamos... tente rapaz. Não mordemos, não é verdade amigos?

Carlo desde cedo aprendeu, em suas habituais leituras, que "a ironia é a forma mais elegante de ser mau". Já enxergara mais ou menos como poderia terminar sua noite. O tom usado pelo cavalheiro o convidou para uma boa retirada. Mas não perderia a oportunidade de retribuir com elegância a desfeita:

– Satisfação. Eu me chamo Juan Carlo Vicenzo. Também estou feliz em fazer parte desta mesa, com pessoas tão simpáticas e de educação privilegiada. Acredito que estudaram nos melhores colégios e universidades da América e Europa.

Smith notou que Manzon, dono do cruzeiro, não gostou da resposta do jovem. Era um velho arrogante, prepotente, que não admitia ser respondido por ninguém. Manzon nunca se conformaria em ficar calado depois da resposta do garoto. Smith tratou logo de acalmar a conversa.

– Manzon, vamos fazer um brinde. A festa está linda e muito animada. E hoje tenho motivo para comemorar.

Mas Manzon irritado instigou ainda mais o rapaz:

– O que você faz para ganhar a vida, além de querer tirar proveito de pessoas como nós?

- Sou feliz, simplesmente. A vida me dá as ferramentas necessárias para que eu exercite o dom da felicidade dia a dia. Às vezes absorvo coisas ruins das pessoas e as devolvo boas. É o mínimo de contribuição por tantas maravilhas que a vida me oferece, como, por exemplo, esta viagem. Se chegarem a compartilhar dessa visão, receberão de presente um sopro de felicidade e jamais pensarão em perder. Não é difícil, porém terão que abrir mão de algumas coisas...

- De quê terei que abrir mão, ora essa?

- Da arrogância, principalmente...

- Ora, seu...

- Desculpe-me, mas tenho que fazer uma homenagem a uma pessoa especial... *Permiso*...

- Volte aqui, seu insolente - esbravejou Capriatti Manzon.

Juan Carlo saiu em direção ao palco, deixando todos na mesa entusiasmados com sua resposta. Todos queriam ver alguém desbancando Manzon. O dia tão esperado havia chegado. Não imaginavam que seria por um jovem. Smith mais uma vez ficou espantado com o rapaz. Como havia conseguido alcançar um estado de espírito tão evoluído, com tão pouca idade? Como ele conseguia passar uma mensagem com tanta serenidade e paz? Com pouco tempo na mesa, logo conseguiu a atenção e a admiração de todos. E como esse jovem conseguia confortar pessoas como se as conhecesse há anos? A única certeza que Smith tinha era que não se via pessoas especiais todos os dias. Existe sempre uma razão para elas aparecerem.

Atrás do palco, a orquestra se preparava para retornar quando Carlo chegou.

- Como você se chama?

- Sou conhecido como Juanito... O que quer?

- Tenho um amigo que redescobriu o valor da vida. Acontecimentos como esse não acontecem todos os dias. Devido a esse feito, gostaria de poder homenageá-lo com um clássico. E você é a pessoa que vai ou não conceder esse momento único. Está em suas mãos, *hermano*.

- Tem intimidade com o microfone?

- Sim.

- Vai ficar me devendo uma. Estou arriscando meu emprego e nem mesmo sei o seu nome.

- Não se arrependerá... estamos contribuindo para a felicidade de uma pessoa. O sonho de todos nós é alcançá-la. Meu nome é Juan Carlo.

- O que vai cantar?

- *Non Je Ne Regrette Rien*, dó maior.

- Vou falar com a orquestra.

- Ok.

Juanito conseguiu a autorização do integrante mais velho da orquestra.

- Tudo bem...

- Ok... quando quiser. Agora é com você.

- Boa noite! Gostaria de um minuto da atenção de vocês. Faço-me presente aqui neste palco para prestar uma justa homenagem a uma pessoa que vi renascer esta manhã. E não é todos os dias que se tem a oportunidade de vivenciar tal fato. Para todas as pessoas que não perderam a esperança de se permitir renovar, o importante é saber que sempre há tempo. Nunca se esqueçam de que quem ama cuida. E quem ama tem medo de perder. John Smith, esta é para você.

Juan Carlo Vicenzo fez uma performance que arrancou aplausos, suspiros e agradecimentos. De volta à mesa, foi ovacionado. Apenas um não deu a mínima.

Uma jovem se aproximou do velho carcamano, que se mostrava ainda irritado e incomodado com a presença do rapaz. A moça cumprimentou as pessoas de forma rápida.

- Pai, de onde conhece Carlo?

O rapaz se assustou com a cena inusitada. Como uma pessoa tão doce e espetacular podia ser filha de um sujeito tão arrogante e prepotente. Com certeza, a herança da educação seria da mãe.

- Katharine, Manzon é seu pai? Eu...

- Não dirija a palavra à minha filha, seu verme, ou mando jogá-lo no mar.

- Chega, Manzon, não vai mais destratar meu convidado. Se fizer qualquer coisa com o garoto, prometo que desço em Punta, procuro a imprensa e anuncio o fim dos investimentos nas empresas em que somos sócios. Você vai ser notícia nos próximos 150 anos.

- Não ousaria, Smith...

- Experimente.

- Está trocando anos de amizade por um verme que conheceu esta manhã?

- As pessoas sempre esperam ser tratadas com respeito e dignidade. Você não é obrigado a gostar de ninguém. Mas é inteiramente obrigado a respeitar todo mundo. As últimas vezes em que nos reunimos você nos causou constrangimento e nos fez sentir mal com essa prepotência. Não construa esse sentimento em sua filha.

O velho olhou para a filha constrangido. Deu mais uma olhada à sua volta e sentiu o olhar de condenação em todos. Aproximou-se do rapaz e falou baixinho.

– Não atravesse de novo meu caminho. Talvez seu anjo da guarda não esteja por perto. Vamos, minha filha... Katharine... Katharine, não vou chamar outra vez.

A garota, constrangida, se retirou com o pai, deixando um silêncio e um mal-estar em todos. Mas Smith quebrou o gelo e tentou distrair seus convidados.

– Vamos beber e brincar, porque a festa está apenas começando. A festa irá até o amanhecer.

Vicenzo brincou com o novo amigo:

– Quem te viu, quem te vê, meu amigo.

E todos começaram a rir, a soltar gargalhadas que pareciam represadas há anos. Dançaram a noite inteira. Logo chegaram as mulheres e os familiares dos que estavam naquela mesa. Contemplaram o momento feliz e dele participaram. Carlo ganhou o respeito e a admiração de todos a partir daquela noite.

VI

Katharine entrou aos prantos no cassino do Les Imortales. Apesar de estar desesperadamente triste e inconsolável, a cena não ofuscou a beleza da senhorita. O cassino encontrava-se cheio. Com muitos apostadores, curiosos e oportunistas. Mas o percurso da linda mulher até o bar se fez notado, tamanha a sua exuberância. A passagem dela chamou não só a atenção dos apostadores presentes. Um jovem rapaz, que estava fazendo sua primeira viagem como crupiê, também não resistiu. Deixou a mesa com o assistente e rumou para o bar. Uma pequena banda de blues formada por um trompete, um piano e uma bateria ajudava a dar um tom *down*.

- Enxugue suas lágrimas. Não fica bem uma mulher bonita como você com tanta tristeza.

Barthollo tirou um lenço do bolso e o entregou a Katharine.

- Tristeza é um sentimento somente para quem você julga feia? Desculpa, eu o conheço?

- Olha, senhorita, não precisa ser tão grossa. Eu trabalho neste cassino. Arrisquei meu emprego vindo até aqui porque vi o estado em que chegou. Não ficaria bem para a companhia deixar um de seus passageiros neste estado deplorável. Agora, se vai ficar tratando-me dessa forma...

- Desculpe... não estou bem.

A bela recebeu o lenço das mãos de Barthollo. O olhou como que lhe agradecendo e foi tentando se restabelecer.

- Não precisa me contar nada, vou pedir apenas um drinque para você se acalmar. Um momento, por favor.

- Obrigada pela atenção... Como é mesmo o seu nome?

- Jean Lucka, e o seu?

- Katharine Manzon.

- Você é filha do velho... digo, do Sr. Manzon?

- Infelizmente. Acabou de fazer-me passar vergonha na frente de pessoas que considero muito.

- Não quero entrar no mérito da questão, mas não alimente raiva de seus pais, eles são os únicos amigos que nunca irão lhe trair. Por mais que façam alguma desfeita ou mesmo a desapontem, nunca farão nenhum mal. Além do que, não deixarão faltar-lhe nada.

- Dinheiro não é tudo...

- Mas é muita coisa. Você nunca passou fome... não sabe o que é precisar de algo e não poder ter. Na teoria ou em filmes, isso pode parecer bonito, mas, na vida real, a história é outra. Aprecie o que tem. Enquanto tem, porque...

- Olha, obrigada pela a atenção. Já estou melhor.

- Cuide-se, senhorita.

Katharine, sentindo-se um pouco melhor, deixou o cassino em direção a seus aposentos. Atrás foi ficando um rapaz encantado por aquela bela de cabelos loiros e cacheados e com uma fortuna incalculável. A felicidade definitivamente batera à sua porta. E nada neste mundo o impediria de dar uma cartada de mestre.

VII

Depois de alguns passeios e jogos por terras platinas, o Les Imortales desembarcou no Rio de Janeiro para dois dias no Brasil. A cidade tem um charme peculiar. O Rio tem a doçura de uma linda mulher. Charmosa e de muita vitalidade. Uma verdadeira poesia viva. Não falo tão somente dos pontos turísticos que deram a ela o título de cidade maravilhosa. Falo da alegria que as pessoas carregam em seu cotidiano. Da maneira de ser propriamente dita do carioca. É o principal patrimônio da cidade. Foi um caso de paixão à primeira vista. Definitivamente um lugar gostoso e harmonioso com um toque de genialidade divina.

Para a recepção de boas-vindas, nada melhor que o morro da Urca. Havia uma orquestra que tocava músicas de Lupicínio Rodrigues e Noel Rosa a Tom Jobim e Vinicius de Moraes. Não tinha como esquecer aquela noite. O clima estava gostoso. A brisa fria circulava harmoniosamente entre os presentes. O céu estrelado dava o tom de uma noite apaixonante. No salão, o clima já não era o mesmo. Estava fervendo. Carlo se apresentava com seu novo amigo, Smith. Os colegas do último baile já o aceitavam com mais simpatia. Tudo por causa do episódio ocorrido entre ele e Manzon. Mas algo o incomodava bastante: o amor da sua vida era filha do ser humano mais desprezível em que ele já havia colocado os olhos. Seu semblante era visivelmente notado pelas pessoas, inclusive por Smith:

- Filho, você não está com um olhar feliz, não está gostando do Rio? A festa está linda. Dessa maneira não vai aproveitar a estadia. Faça um brinde, vamos.

O rapaz obedeceu:

-Aos amigos, hoje, juntos. Qual será o destino de cada um amanhã? Como se comportaram aqueles que ainda estão de pé? E as lembranças? Ficarão vivas ou se perderão com o passar das águas? Hoje precisamos estar felizes e isso realmente importa. Um brinde a todos.

Os presentes brindaram com as palavras de Juan Carlo. A euforia gerou uma expectativa para a noite que seguia. Após o brinde, lado a lado com o amigo, um abraço e a justificativa.

- Não é isso, Smith. Estou sim encantado com as maravilhas desta cidade, que realmente é maravilhosa. Mas já faz cinco dias que não vejo Katharine. Não a vi em Punta. Nesses dias, eu a procurei no navio inteiro, o dia todo. Nos bailes, praias... será que Manzon...

- Provavelmente ele a mandou de volta para casa, já que vocês se conhecem e ele não morre de amores por você. Cuidado com Manzon. É um homem perigoso até mesmo quando está dormindo. Ele está de olho até na sua sombra. Acho que falamos cedo demais... olha lá, filho.

- É ela mesmo, Smith... ela está divina.

- Ela realmente tem uma beleza encantadora...

- Mas então por que será que ela não apareceu mais desde aquele episódio na saída de Buenos Aires?

- Não sei ao certo os motivos, mas com certeza Manzon está por perto... ou pelo menos seus capatazes...

- Não será muito fácil Manzon me pegar. Eu também tenho meus truques.

Dez minutos depois, um garçom se aproximou de Katharine discretamente:

- Senhorita, aceita uma taça de champagne?

- Não, obrigada...

- Aceite... tem um pequeno bilhete embaixo da taça. Um cavalheiro, de codinome Jardineiro Encantado, insistiu para que eu viesse entregá-lo. Ah! Pediu também para que a senhorita só o abrisse no toalete, pois existem pessoas que não podem ler este bilhete e que a colocariam em risco. Algo mais que posso fazer, senhorita?

- Não, obrigada.

- Não há de quê, senhorita...

Katharine se dirigiu ao toalete e abriu o bilhete.

"Faça valer a pena. Eu a espero no piano-bar do hotel.

Beijos... seu Jardineiro Encantado"

Chegando ao hotel, dirigiu-se discretamente ao lugar marcado. No local, não havia muitas pessoas. Mas foi surpreendida por outro cavalheiro, que se encontrava em uma mesa.

- Ei, mocinha, tudo bem? O que você está fazendo aqui sozinha? A festa não está boa?

- Sim, está... fiquei indisposta para a festa e resolvi sair do salão. Só o que teremos até o final da viagem é festa.

– Posso lhe fazer um pouco de companhia? Na verdade, hoje é minha folga no cassino do navio e prefiro um ambiente mais calmo. Seu pai também não gosta que empregados se misturem com passageiros. Ele está certo. Eu até...

– Desculpe, mas vou encontrar outra pessoa. Não me leve a mal. Você tem sido bastante atencioso comigo. Só tenho a lhe agradecer.

Ao chegar, Carlo não acreditou no que estava vendo. O que Barthollo estava fazendo no Copacabana Palace depois de tê-lo deixado em Buenos Aires? E o que Katharine fazia com ele? De onde ela o conhecia?

O ciúme cegou o rapaz que irracionalmente se aproximou do casal que conversava à porta do piano-bar.

– O que você está fazendo aqui?

Katharine cumprimentou Carlo. Viu a expressão fechada com que olhava para Barthollo e vise-versa, mas ainda sem entender o que estava acontecendo de fato.

– Então, vocês já se conhecem?

Lucka respondeu de forma irônica.

– Não, senhorita... seu amigo deve estar me confundindo com o outro alguém?

– Não seja ridículo, Barthollo... Katharine, pode nos dar licença apenas por alguns instantes?

A dama saiu desconfiada, sentou-se no balcão onde de longe observava os dois conversando de modo exaltado e gesticulando muito.

– O que você ainda quer falar comigo, Juan? Não basta o quanto você me magoou?

– Você acha que também não me magoou? Temos a facilidade de magoar as pessoas que amamos mesmo sem querer, pois esperamos que as pessoas se comportem como gostaríamos e nem sempre isso é possível. Temos que respeitar as diferenças. É a primeira prova de amor. Amo você como um irmão. Passamos muitas coisas juntos. Muitas dificuldades, é verdade, mas também muitos momentos de pura felicidade. A vida não tem sentido se você não compreende isso e procurar viver com toda intensidade. Sei que também sente isso.

- Sentir? Sentimento é o pior de todos os defeitos. É a fraqueza que é atribuída aos homens, tornando-os mais vulneráveis, os levando, na maioria das vezes, à ruína. Vivemos sim alguns momentos felizes e de que adiantou? Serviram apenas de preparação para aquele dia que você fez uma caricatura patética, para não falar ridícula, da minha pessoa. Agora sei o comportamento que tenho que ter. Está tudo mais claro agora. Nem você, nem ninguém me fará sentir como naquele dia no quarto do hotel. Vou mostrar-lhe que patético, ou mesmo ridículo, é seu comportamento mel com açúcar que não leva um homem a lugar nenhum.

- Ah! Caro, Barthollo, como você mudou. Não tenho pena de você porque pena é o pior de todos os sentimentos. Mas como gostaria de lhe mostrar o quanto está errado. Prefiro viver um dia intenso em toda minha vida do que cem anos sem sentir essa essência.

- Bobagem! Só os tolos e fracassados acreditam nessa besteira. O amor, dessa sua maneira, deixa as pessoas tolas, presas fáceis para serem aniquiladas. A amizade... a amizade nos torna alvos fáceis para a traição... não é verdade, Vicenzo?

- O mundo não é perfeito, Barthollo... perfeita pode ser a visão de transformar o que é ruim em algo verdadeiramente bom. O que é o homem sem isso que você chama de bobagem? O amor e a amizade são sentimentos que servem como portas para as verdadeiras mudanças. A verdadeira evolução de nosso pensamento... da nossa pessoa. Veja sua feição, olhe sua raiva, esse medo que carrega nos olhos... sua inquietação e seu sofrer...

- Chega de tanta besteira... viver é não ter preocupação nem conta para pagar. É ter dinheiro para comprar o que quiser até os últimos dias de vida. Para pessoas sentimentais, eu sou uma pessoa ruim. Para pessoas como eu, racionais, vocês emotivos são fracos. Ninguém precisa ser um Sherlock Holmes para desvendar os mistérios que habitam nossa existência. Eles são revelados naturalmente à medida que nossa mente encontra o equilíbrio entre razão e emoção. O equívoco da humanidade é procurar a solução dos problemas na fronteira entre o bem e o mal. Viva a sua vida medíocre e deixe que cuidarei de conquistar o sucesso para minha.

O racional rapaz se despediu da dama à distância, apenas com o movimento da cabeça. Em seguida, foi sumindo no corredor do hotel. Vicenzo sentou-se ao lado da garota e explicou o que tinha ocorrido. Mais uma vez ficara desapontado com o ex-amigo. Como uma pessoa que julgava conhecer tão bem de repente apresentava uma frieza no coração e uma essência forte de assustar qualquer pessoa? Em verdade, ele já possuía uma natureza genuinamente racional. Mas o laço de amizade entre eles era tão forte que um mergulhava na natureza do outro sem se dar conta. Os dois faziam o equilíbrio entre essas duas forças. Hoje sabem que conheciam bem o amor existente entre eles, mas não o universo de cada um. Cada pessoa é um oceano de sabedoria e de comportamento desconhecido. E isso deve ser respeitado. Não podemos adivinhar, julgar, nem mesmo condenar espécie alguma de comportamento, por mais que o achemos estranho, pois aprendemos com todos. Não conhecemos os pensamentos que habitam as mais variadas mentes, muito menos as situações que levam as pessoas a adotarem certas ações. Para todo côncavo, existirá um convexo.

VIII

– Papai, o senhor não pode me colocar em uma situação ridícula como essa.

– Posso e vou. De onde você conhece aquele bandidinho? Você não vai me envergonhar na frente das pessoas, entendeu? Esse é o resultado de ter dado muito liberdade a você. O melhor teria sido que a tivesse colocado em um colégio interno na Europa. Sairia prendada e disciplinada. Mas sua mãe insistiu para que não fizesse isso, para criá-la com mais amor e carinho. Olha no que deu.

– A minha mamãe morreu de desgosto porque você dizia em alto e bom tom que tinha vergonha dela. O senhor aceita com mais facilidade os fatos que lhe agradam os seus olhos. Queria que ela ficasse sempre bonita para desfilar para as pessoas como um casal feliz e apaixonado, mas depois a guardava no armário. Nunca se preocupou em dar atenção a ela, em saber o que ela gostava de fazer ou onde ela gostaria de passar as férias de verão. Minha mãe apenas aceitava o seu sentimento possessivo e egoísta.

Manzon subitamente lhe respondeu com um tapa no rosto, pegando-a de surpresa:

– A minha autoridade é inegociável. Nunca mais repita isso, entendeu? Amei sua mãe. Fiz tudo que meu dinheiro podia fazer. Infelizmente, não pude conter a doença. O câncer se alastrou velozmente. Contratei os melhores médicos especialistas do mundo e nada puderam fazer.

Katharine passou a mão no rosto avermelhado pelo tapa do pai.

– Ela só queria ser amada. Ter um pouco de carinho e atenção. Era isso que ela esperava todos os dias. Nunca compreendeu isso? Só queria que você a amasse de verdade, como um ser humano que sente as coisas, que tem emoção, que consegue colocar alegria nas coisas. Não como um objeto bonito e caro. O senhor não sabe e nunca vai saber o que é o amor. Vai seguir a vida distorcendo os sentimentos. O amor nasce no incondicional, na liberdade, na reciprocidade e na simplicidade dos atos. O que o senhor sente é pequeno demais. Nunca aceitou que eu levasse um namorado para apresentar a vocês. Conseguiu a proeza de sentir inveja de meu amor por minha mãe, porque sempre estávamos juntas em todas as situações. Com muito pouco, estávamos felizes. Você não... sempre querendo comprar tudo para nós. Não precisávamos de tudo aquilo, só queríamos um pouco de você. E isso o senhor nunca quis nos dar. Olha o que me fez sentir na frente de seus amigos e de Juan Carlo.

Barthollo distraidamente ia se aproximou da entrada da suíte presidencial onde Manzon estava discutindo com a filha. O crupiê estava levando os relatórios com os números que havia ganhado no cassino na noite anterior. Bastante satisfeito com o primeiro trecho da viagem, já se projetava para tomar conta de toda a movimentação. Quando escutou a discussão, ficou observando pela porta entreaberta.

- Chega, Katharine! Não vou mais ouvi-la. Não vou mais discutir com você. Não quero repetir duas vezes a mesma coisa. Se eu pegar você conversando com aquele aproveitador, eu o mato, entendeu? Já dei ordens aos meus homens para seguirem a sombra dele. Qualquer movimentação suspeita, eles jogarão o sujeitinho ao mar, vai virar comida de peixe. Se duvidar do que estou falando, experimente.

- Eu odeio você... odeio... odeio...

- Judith... Judith... leve a senhorita Katharine para os seus aposentos para se recompor... ou melhor, talvez ela precise descansar um pouco. Acho que o sol desta manhã não está fazendo bem a ela.

Bartholo saiu antes que alguém percebesse sua presença. Saiu com um enorme sorriso no rosto por ter escutado o bate-boca. De repente, estava no jogo novamente. Em sua reflexão, ele saiu da última posição para outra, de destaque. Dessa vez, mais forte. Passou a conhecer o terreno de batalha, o campo de domínio do inimigo, o próprio inimigo e seus pontos fracos. Sabia da importância de traçar a estratégia correta, sem subestimá-los, pois ele sabia que teria apenas uma jogada para ganhar o jogo. Não podia desperdiçar uma oportunidade como aquela.

IX

Enquanto todos se preparavam para uma série de entretenimento na cidade maravilhosa, Barthollo planejava o ataque que poderia decidir o jogo a seu favor. Das três camareiras que trabalhavam nos aposentos da família Manzon, ele escolheu a mais jovem, a que tinha ambição estampada no rosto. E isso ele sabia detectar até pelo cheiro:

- Ei! Garota bonita... quero falar com você.

- Comigo?

- Tem outra mulher bonita por aqui? Tenho uma oportunidade para você ganhar um bom dinheiro, tem interesse?

- Dinheiro não cai do céu... o que preciso fazer para ganhá-lo? Algo arriscado?

- Garota esperta. É simples, linda. Mas vai exigir cuidados, certa perícia e muita cautela. Se você me trouxer alguma informação valiosa sobre Katharine e o senhor Manzon, eu lhe darei mais do que você ganhará nesta viagem inteira. Atenção com Judith, ela poderá atrapalhar. Mantenha discrição.

- Que tipo de informação o senhor deseja?

- Todas... o que fazem, o que comem, bebem e, principalmente, sobre o que conversam... Como vê, não é crime o que você vai fazer. É simplesmente para melhorar meu desempenho no trabalho. Por isso estou disposto a dividir o ganho com alguém inteligente como você.

- Pode deixar... a partir de agora, ficarei com olhos e ouvidos atentos.

- Isso, garota! Gostei de você. Vamos tomar um drinque no bar.

Depois de um *city tour* pelos principais pontos turísticos do Rio de Janeiro, os passageiros do Les Imortales tiveram uma festa no Morro da Urca, uma despedida com chave de ouro. Um ambiente tipicamente brasileiro, com frutas tropicais, pratos deliciosos à base de frutos do mar, e embalado por uma orquestra que tocava bossa nova e música popular brasileira de várias gerações. Tudo perfeito e com uma visão privilegiada da cidade.

- Cavalheiro, aquele senhor pediu para entregar-lhe essa garrafa de vinho.

Curioso e intrigado, Smith observou o presente:

- E é de uma boa safra, filho.

- Qual foi o cavalheiro que me enviou este vinho?

Aquele da direita, senhor.

Barthollo acenou, aumentando mais a intriga com Vicenzo.

- Está esquisito, Carlo, um presente caro depois de uma discussão em que as almas de vocês ficaram feridas...

- De repente, ele está se desculpando do episódio de ontem, as pessoas podem e merecem aprender com o erro.

Se não aprendessem, o mundo não amadureceria. Relaxa, meu amigo. Vamos jantar.

Carlo Vicenzo lhe agradeceu com um gesto de mão. Barthollo retribui com um sorriso irônico.

- Em algum lugar eu li que "a ironia é a forma mais elegante de ser mau" - resmungou o velho amigo.

Alguns instantes depois, chegaram ao baile Capriatti Manzon, Katharine e seus inseparáveis seguranças. Ficaram em uma mesa do outro lado do salão. A linda moça evitou olhar na direção do amado para não chamar a atenção do seu pai, que já acumulava um ódio ferrenho contra o rapaz. Manzon estava esperando uma chance para pegá-lo no pulo do gato. O que irritava profundamente o velho Manzon era a ousadia de Carlo. O rapaz olhava para sua filha sem temê-lo. Um garoto de 25 anos que insistia em desafiá-lo tinha que pagar de alguma forma. O velho procurava insistentemente uma maneira de fazer algo. Smith e outros amigos estavam envolvidos com a causa, portanto, ficavam atentos para protegê-lo das artes de Manzon. Porém, o carcamano era muito esperto. Uma verdadeira raposa. Sabia que não poderia comprar briga com os senhores, principalmente com Smith, que era igualmente poderoso e seu principal parceiro econômico. Manzon também sabia que até os anjos da guarda às vezes dormiam. E ele não via a hora desse sono chegar.

- Pai, vou voltar para meus aposentos, estou indisposta. Creio que pela discussão que tivemos hoje.

- Vá e reflita sobre seu comportamento. Ultimamente você anda com pensamentos conturbados.

E continuou:

– E vocês, seus palermas, fiquem de olho nesse sujeito. Se ele andar fora dos trilhos, podem dar uma lição nele. Dinheiro e surra só não mudam uma pessoa quando são poucos. Estou indo para o cassino. Não me perturbem com banalidades.

A linda moça, fingindo estar indisposta, entrou em seus aposentos aliviada, sem a sombra dos guarda-costas, mas sob os olhos atentos de sua protetora, Judith. Uma senhora de 65 anos, cabelos brancos, baixa, forte e que não sorria com facilidade. Ela acompanhava a família Manzon desde nova e a ela foi dada à missão de cuidar de Katharine desde a morte da senhora Isabella Manzon.

– Judith, pode recolher-se. Não irei precisar de mais nada hoje à noite. Vou dormir.

– Vou preparar um copo de leite...

– Não precisa. Quero apenas uma boa noite de sono. Vá se deitar também, não tem mais idade para ficar tanto tempo sem descansar. Boa noite.

Do lado de fora da cabina, uma camareira chegou e encontrou os guarda-costas à porta.

– Trouxe o lanche da senhorita Manzon.

Um dos seguranças, desconfiado, aproximou-se e puxou a cobertura da moça.

– Oh! Desculpe, pensei que fosse outra pessoa.

– Vou comunicar seu atrevimento ao senhor Manzon...

– Não, por favor. Vou anunciá-la. Não conte nada. Preciso do emprego.

– Pois anuncie rápido, tenho muitos afazeres e não posso demorar.

O segurança desajeitado bateu na porta e anunciou a camareira.

- Senhorita, sua refeição chegou.

- Refeição, não solicitei nenhuma refeição. Judith não tem jeito mesmo.

Katharine ouviu alguns sussurros e se aproximou da porta.

- Senhorita, a camareira insiste. Disse que recebeu a solicitação de seu Jardineiro.

Rapidamente a jovem abriu a porta e colocou o carrinho para dentro.

- Sim... sim... tinha me esquecido. Obrigada, rapazes.

De repente, Carlo saiu de baixo do carrinho.

- Você é maluco... como conseguiu? Meu pai...

- Um bom dinheiro sempre compra o risco de uma camareira. Esqueça seu pai neste momento e faça valer a pena.

Carlo Vicenzo não imaginava que seu ex-amigo havia chegado primeiro e comprado a camareira, que ao amanhecer, foi logo passar a informação. Barthollo tinha dado a cartada certa.

X

Depois de alguns dias em alto mar rumo à costa da África, Katharine demonstrava preocupação com a situação que estava vivenciando. De um lado, o risco da ousadia de Vicenzo. Do outro, a ira de seu pai. Judith, bastante experiente, estava intrigada com as mudanças no comportamento da filha de Manzon. A cada dia que passava, tinha a confirmação do que suspeitava.

- Você o ama?

- Do que você está falando, Judith? Estou somente indisposta com a viagem. Nada mais.

- Não é a primeira vez que você faz uma viagem dessas. Estou velha, mas ainda tenho meu juízo perfeito. Você está muito estranha. Fica horas parada olhando para o tempo. Não o conhece bem para se arriscar dessa maneira. O senhor Manzon a punirá de forma impiedosa, sabe bem disso. Se continuar a vê-lo, vou ter que avisar o seu pai antes que ele me condene por omissão.

- Não, Judith! Por favor, eu lhe peço. Se meu pai descobrir, vai ser o caos para todos. Se gosta realmente de mim, não faça isso. Você conhece meu pai como ninguém. Sabe do que ele é capaz caso venha a descobrir.

– Você sabe o quanto a amo. É por isso que ainda estou aqui. Prometi à sua mãe que cuidaria de você. Mais cedo ou mais tarde ele irá saber e será muito pior. Seu pai tem um temperamento difícil.

– Sei que é difícil, mas se papai souber agora, muita gente vai se ferir. Por favor, me dê apenas um tempo para resolver.

– Uma semana, meu anjo. É tempo suficiente para achar uma solução sensata. Depois disso, falarei com seu pai. Ele é muito esperto, não irá esconder isso dele por muito tempo.

– Obrigada, Judith, sempre pude confiar em você.

A garota se acalmou e pegou no sono. Um repouso intranquilo, acompanhado pelos olhos atentos da preocupada governanta, que sabia que a descoberta da história custaria sua cabeça. Judith se lembrava da promessa que havia feito a Isabella Manzon. Entretanto, se falasse para o Sr. Manzon, se sentiria culpada pelo o que aconteceria com o rapaz e Katharine. A moça nunca a perdoaria por isso. Judith refletiu sobre a encruzilhada das decisões. Não somente para tentar encontrar a solução correta, mas para saber qual delas lhe custaria menos, pois, uma vez escolhido um dos caminhos, o outro passaria a não existir mais. O certo era monitorar os passos da moça. E agir com precisão.

XI

Após a saída do Rio de Janeiro, Jean Lucka Barthollo acordou disposto, feliz, como se soubesse o que iria acontecer no decorrer do dia. E de fato sabia. Cantando, fez a barba com extrema delicadeza, vestiu-se e saiu em direção à proa do navio. Parecia um desfile de moda. Todas as manhã, a cena se repetia, mulheres lindas passando de um lado para o outro. Cada uma com a obrigação de estar mais elegante que as outras. Do alto, Barthollo avista Katharine Manzon pegando sol com sua fiel ama Judith. O lobo foi cercando sua ovelha para o ataque. A governanta não a deixava desprotegida um só instante por medo da represália do Sr. Manzon. Mas a fome de conquista que Barthollo carregava era grande. De algum modo, ele teria que chegar até ela, com suas presas, garras e a natureza que lhe foi dada. Muito sério, com movimentos precisos, aproximou-se.

– Bom dia, Sra. Judith... Bom dia, Srta. Manzon.

Delicadamente, chegou o rapaz, mas a governanta nem sequer esboçou um cumprimento. Ela o olhou com desprezo, desconsertando a jovem.

– Desculpe, Sr. Barthollo, Judith acordou indisposta esta manhã, bom dia para o Sr. também.

– É... dá pra notar. A propósito, o Sr. Manzon pediu-me pra chamá-la, Sra. Judith, e olha... ele acordou bastante irritado. Saí da sala com ele gritando pela senhora. Melhor apressar-se.

– Papai irritado? Mas foi justamente ele quem pediu para nós virmos pegar o ar fresco desta manhã...

– Pra você ver como anda a irritação dele. Não gosta de ver seus empregados misturados com os turistas, imagina conversando com sua filha. Por isso estou aqui transmitindo o recado à senhora governanta. Como tenho um tempo livre até começar no cassino, farei companhia à senhorita até o retorno da Sra. Judith.

A governanta, com um olhar de desconfiança, resolveu verificar, pois havia a possibilidade de ser verdade. O rapaz descreveu tão bem o Sr. Manzon. Realmente, ele odiava ter que esperar por alguém ou alguma coisa.

Depois que Judith saiu, o jogador entrou em ação:

– Katharine, preciso falar algo muito importante com você.

– Sobre aquela noite no cassino... me desculpe, estava magoada com meu pai.

– É justamente sobre aquela noite. Ou melhor, envolve seu pai e você.

– Sobre quem? O que o senhor deseja falar? Não há nada de importante que o senhor possa me dizer.

– Há muito mais do que você imagina. Mas não se assuste... ouvi algumas coisas que podem mudar o rumo de sua vida...

- Como falei, não fiz nada que possa ser tão sério a ponto de comprometer o rumo da minha vida Sr. Barthollo. Vou para os meus aposentos, estou cansada de ficar aqui fora, bom dia.

- Nem sobre seu relacionamento com o Sr. Juan Carlo Vicenzo? Acredito que seu pai não iria ficar satisfeito com esse romance. Ainda mais tratando-se de quem é... E se ele souber que tem gente visitando seus aposentos? Com certeza vai adotar uma postura severa com o rapaz. No mínimo, a levaria para a Suíça, tamanho seria seu desgosto. Pelo pouco que conheço de seu pai, ele tem outros planos para você.

- Como ousa falar assim comigo?

- Calma... estou aqui para ajudá-la...Tenho uma proposta para fazer a você. Garanto que, se me ouvir, todos sairemos bem dessa situação.

- Que proposta tem a me fazer?

- Estou apaixonado por você desde a primeira vez que a vi e estou disposto a arriscar minha vida pelo seu amor.

- E como faria isso?

- Casando-me com a senhorita.

- Você enlouqueceu... não o conheço. Por que acha que aceitaria me casar com o senhor?

- Primeiro, porque não tem outra saída nem muito tempo até seu pai descobrir seu romance. Segundo, é a maneira mais segura de todos saírem ilesos, pois eu assumiria toda a culpa e os holofotes sairiam de Juan Carlo. Estou em uma posição de destaque. O lucro que terei jamais foi imaginado por ele.

– Não pode ser... não nos conhecemos... como pode achar que está apaixonado se só nos vimos duas vezes?

– Porque você é uma mulher bonita, bem cuidada, culta e que me despertou um fascínio desde o momento em que a vi naquele dia no cassino, como lhe falei agora há pouco. De lá pra cá, a observo. Para conhecer uma pessoa, não é necessário passar uma vida do lado dela. Todas as pessoas têm ações repetidas, ou seja, um padrão de comportamento.

– Tão de repente assim... tenho minha vida, meu cotidiano... não posso me desfazer das coisas assim...

– O mundo real não é perfeito. Não existe cem por cento de verdade em tudo nesta vida, assim como a razão não é de todo um mal, como julgam os sentimentais. Tudo que se quer na vida tem um preço, não se engane. Você tem que saber o quanto está disposta a pagar, porque, no mundo real, nada é de graça. Ela, a vida, coloca à venda o que o desejo lhe exigir. O que é vaidade para uns é necessidade para outros. Essa será sempre a porta de acesso. Quem quiser e puder, paga. Os emotivos se iludem quando falam em felicidade, pois até ela cobra seu preço. Você já viu uma pessoa ser verdadeiramente feliz sem antes ter conhecido o sofrimento? Ouve-se muito: "que música linda". Mas ninguém pensa no que o autor passou para concluir aquele trabalho. Quantas noites sem dormir, as nostalgias, às vezes depressões. Na vida real, não há tempo para finais de contos de fadas do tipo "...e foram felizes para sempre...". Isso é pura demagogia... não existe. Você pode até sentir amor por Vicenzo, mas aonde esse amor levará vocês? Que educação seu filho teria na sarjeta se seu pai a deserdasse? No meio de marginais? Você poderia até pensar em forjar um casamento com algum amigo seu, mas sabe que seu pai não acreditaria. Ele iria, é lógico, atrás de Vicenzo. Isso, minha flor, faz de mim seu melhor amigo, melhor candidato a marido. Eu sou sua LIBERDADE. Não precisa me responder agora... pense... reflita... Você é uma mulher emocionalmente inteligente... pense... A propósito, como pode ter certeza de que o mulherengo Vicenzo deixaria a boemia e ficaria somente com você para merecer tal risco? Sabe que não estou mentindo. Não queira se enganar.

– Mesmo que aceitasse, o que o faz pensar que meu pai o aceitaria como meu marido...

– Esse será o preço que pagarei pelo que desejo. Não tenho medo do risco. Sei o que quero. E quero você.

O jovem e experiente jogador foi saindo lentamente à medida que Judith se aproximava do local.

– Esse rapaz estava mentindo, seu pai brigou comigo porque deixei você sozinha aqui fora, além de... o que você está sentindo? Você está pálida. Vamos entrar, farei um lanche para você...

Judith saiu olhando para o rapaz e imaginando o que ele poderia ter falado para deixar a moça naquele estado. Uma coisa era certa, a atenção seria dobrada a partir daquele momento.

XII

- Que história é essa de dizer para Judith que eu a estava chamando?

- Eu, senhor? Acho que deveria dar férias para Judith. Ela trabalha muito, e o estresse está fazendo com que ela crie histórias. Sim, vamos ao que interessa. Aqui está o resultado alcançado no cassino até o momento.

- Bem, meu jovem, nada mal para um iniciante nessa profissão. Parece que acertei ao contratá-lo. Está me saindo melhor que a encomenda. Praticamente dobrou o que Oscar tinha feito antes de você. Parabéns! Ok, bata a porta quando sair. Preciso trabalhar outros números.

- Acho que não está enxergando bem os números. Aumentei cinco vezes o que Oscar rendia ao cassino. Além de estar ensinando e ajudando os outros a potencializar os negócios.

Barthollo continuou ali, parado, olhando o velho carcamano fazer suas anotações:

- Não ouviu o que eu disse, filho. Vá... continue faturando. Se estiver pensando em pedir aumento por causa desses números, você vai voltar remando dentro de um bote salva-vidas.

– Não é sobre aumento que quero falar com o senhor.

– Ainda bem. Então, se não é sobre dinheiro que você quer falar comigo... fale. você tem exatamente três minutos, se não é sobre dinheiro, não tenho muito tempo a perder com gente como você. Vamos, o tempo já está contando.

– É sobre sua filha, Katharine...

– O que tem minha filha, seu verme. Cuidado com o que você vai dizer.

– Katharine está tendo um romance com seu desafeto... Juan Carlo Vicenzo.

– O quê?! Benson, entre aqui rápido.

– Sim, senhor.

– Amarre-o e jogue esse camarão no mar.

– Espere! Você não me perguntou como eu descobri.

– Sei, peste, que você está mentindo, vou matá-lo por inventar essa história sobre minha filha.

– Não estou inventando história alguma. Venho aqui lhe trazer uma notícia e a solução e o senhor me trata desse jeito?

Mazon olhou fixamente para Barthollo e, com um gesto, fez o segurança soltá-lo.

– Olha aqui, moleque, se estiver inventando ou planejando algo, vou picotar você todo e espalhar pelos sete mares.

– O que eu ganharia inventando um problema para o senhor? Sei que é um homem inteligente e perspicaz, mesmo com toda a raiva, não arriscaria ficar sem sua filha. Sim, pois se fizer algum mal àquele rapaz, ela não o perdoará... nem na próxima encarnação. Você sabe que não é mais nenhum garoto de 15 anos. O senhor terá mais alguns anos de vida se ela, a vida, for generosa, pois quem fuma dessa maneira...

- Poupe-me de seus comentários. Pra quem nasceu na sarjeta, até que você sabe argumentar. Tenho que dar um fim naquele arrogante audacioso. Que ódio! - murmurou o velho Manzon, tomado pela ira.

- Tomar uma atitude levado pela emoção, acredito que não seja a melhor opção. Terá tempo para planejar e cortar o mal pela raiz.

- Detesto, mas tenho que admitir que você está certo, infame. Agora saiam todos. Deixe-me pensar. Nunca tive tanto trabalho para esmagar um rato. E você, não pense que vou dispensá-lo do trabalho por causa da informação, já pago muito caro pra você ficar vadiando.

Barthollo não queria demorar mais mesmo, o objetivo tinha sido alcançado com sucesso. Agora era refletir exaustivamente e dar início ao próximo passo.

A emoção, de fato, impossibilita a pessoa de pensar. A pessoa se deixa levar pelo impulso. E geralmente fica à mercê de qualquer ataque.

XIII

Ao acordar muito cedo no dia seguinte com um astral aparentemente animador, Barthollo foi aos aposentos de seu ex-amigo, Juan Carlo Vicenzo, para dar-lhe as boas novas.

- Barthollo, você aqui? E a esta hora? O que você quer desta vez?

- Estou feliz e decidi vir acordá-lo?

Ainda com cara de sono, Vicenzo abriu a porta e o deixou entrar.

- Ora, Barthollo, ninguém consegue enganar a felicidade. Você não está feliz e não me convencerá somente porque traz um sorriso no rosto. O que você quer de fato? Não quero mais discutir com você. Não me senti bem depois da discussão que tivemos no Rio de Janeiro.

- Vicenzo... sempre com esse discurso emocional que não leva a lugar algum. Bem, na verdade, venho trazer duas notícias que mudarão nossas vidas para sempre. Será nosso divisor de águas.

- Você está me assustando. Diga o que quer.

- Manzon sabe do seu romance com Katharine. E você sabe o que isso significa, não sabe? Ela não contou a você ainda por medo da represália do pai. Não tem como chegar a você sem passar por aquele exército que a protege. Tente falar com ela e eles o matarão.

– Deus! Preciso falar com Katharine.

– Se eu fosse você, não faria isso. Nem tentaria entrar em seus aposentos embaixo do carrinho. Se é que a ama de verdade. Isso arruinaria mais ainda a vida dela. Como falei, Sr. Manzon vai querer matá-lo. Quer um conselho? Evite esse trauma para ela. Isso fará com que carregue essa culpa pelo resto da vida.

Carlo sentou-se na cama, agarrou seus cabelos em sinal de aflição e começou a chorar por conta do desespero que o inundara. Mesmo que não concordasse com tudo aquilo, era a mais pura verdade. Estava impotente, com as mãos atadas.

– E agora? O que farei?

– Agora vem a boa notícia.

Carlo levantou a cabeça e olhou para o ex-amigo com certa expectativa.

– Eu me casarei com Katharine.

Em um surto, Carlo se levantou e prensou Barthollo contra a parede, sufocando-o.

– Não seja tolo. Não complique ainda mais sua situação.

Vicenzo soltou Barthollo, que já se encontrava sem fôlego.

– Você é mau... covarde.

Cambaleando e ainda procurando fôlego, o jovem levantou-se e disse:

– Mau? Covarde? Não sou mau... muito menos covarde. A vida recompensa os corajosos. Eu apenas tenho uma visão diferente da sua. Quem a colocou em risco? Quem conseguiu a antipatia do pai? Fui eu? Não me venha com essa... você abocanhou mais do que podia mastigar. O erro foi seu, ou melhor, vocês dois criaram essa situação. A vida não perdoa aqueles que deixam as escolhas por conta do destino. O que está acontecendo é a realidade, meu caro, e a vida é dura... não é esta ilusão piegas que você chama de felicidade. O problema está aí... pra quem quiser ver... e não se engane... quando eu estiver casado com Katharine, você terá a oportunidade de vê-la bem, mesmo que de longe. E isso, meu jovem, faz de mim uma boa pessoa.

Vicenzo voltou a sentar-se na cama. Apesar do bombardeio, as palavras do ex-amigo eram fatos verdadeiros. E o mais difícil era ter que concordar.

– Só mais uma coisa, Vicenzo. Uma gaivota pode até se apaixonar por um peixe, mas onde construirão o ninho? Amanhã cedo desembarcará na África, aproveite a viagem.

Ele saía com ar de vitória, mas Carlo o parou com um grito.

– Espere! Tenho só mais uma última coisa pra lhe falar. A vida se apaixona por alguns... e com certeza não é por pessoas com essa natureza. Um dia saberá do que estou falando. A felicidade só se manifesta através do sentimento. Você não sabe o que é isso, quando souber, será tarde demais para apreciá-la. Voltará a ouvir falar de mim. Hoje você sai vitorioso dessa rodada, amanhã veremos em que posição os dados irão cair.

– Tanto na vida como no jogo é impossível sobreviver se não souber mexer as peças corretamente, e, é lógico, se não tiver a malícia de cada jogada... e isso, moço, você não sabe e nunca saberá porque pessoas como você vieram para servir de degrau para pessoas como eu. Fui um tolo em acompanhá-lo durante tanto tempo e acreditar que seria possível viver essa felicidade baseada numa filosofia falida nos tempos de hoje. É lógico, Carlo, que serei vitorioso sempre.

– O AMOR é o sentimento mais fantástico que Deus nos deu. Não há sentido em viver sem ele. Tudo, mas tudo que você fizer nesta vida necessitará de amor. Para quem não acredita, meu profundo lamento. Mais do que pensar ou falar, o que tem significado é o SENTIR. É a única coisa que nos faz não ter medo da morte. Um dia terá a certeza do que falo. Mais cedo ou mais tarde, a vida vai procurá-lo e perguntar o que você fez dela. Qual será sua resposta? Vai tentar comprá-la? Acho que não conseguirá burlar esse encontro. Torço sinceramente que aprenda o quanto antes, porque talvez não consiga conviver com o remorso.

Eles se olharam nos olhos e Barthollo fechou a porta em silêncio, porque sabia que o que Carlo acabara de falar também era uma verdade. Agora, qual das verdades prevaleceria era a questão.

XIV

- Smith, abra a porta. Sou eu, Vicenzo. Preciso falar com você...

- O que houve, meu amigo? Algum problema? Entre.

Smith viu o desespero no olhar do rapaz, que não parava de andar de um lado para outro.

- Vicenzo, sente-se. Tente se acalmar e me diga, o que tanto o aflige?

- Meu romance foi descoberto. Barthollo veio hoje cedo me contar. Disse ainda que vai se casar com Katharine. O pior é que estou de mãos atadas. Não sei o que fazer.

- Isso realmente é um problema. Manzon vai querer matá-lo. Agora escute aqui, meu filho. Presta atenção. Vamos por etapas. O desespero não vai deixar você raciocinar para achar uma saída melhor para a situação. Olhe nos meus olhos... não existe situação que não possa ser piorada, entendeu? Tente se acalmar.

- Desculpe-me por trazer problemas para você. Ainda mais numa hora dessas da manhã.

– Fez bem em me procurar, agora é a minha vez de ajudá-lo.

– Obrigado, meu amigo, sabia que poderia contar com você.

– Escute e me responda. Em uma luta de boxe, qual dos lutadores terá mais chances de vencer o combate, o que aprendeu a bater forte ou o que sabe administrar a pressão?

– Não estou entendo aonde você quer chegar. Qual a relação com o problema que estou atravessando?

– Apenas me responda.

– Acredito que, levando em consideração o preparo físico, o que aprendeu a bater forte, é lógico.

– Ledo engano, meu jovem. O que sabe administrar a pressão levará vantagem, pois se comportar quando em desvantagem é difícil. Somente os vitoriosos sabem fazer isso. Assim é também na vida. Existem pessoas que sabem se comportar em situações complicadas. Essas têm mais chances de obter sucesso e felicidade na vida.

– Entendi.

– Fique aqui. Vou providenciar seu desembarque com segurança. Você ficará na ilha até eu sondar toda a situação. Não voltará mais aos seus aposentos.

– Tenho que pegar minhas coisas...

– Calma. Suas coisas é que vão nos ajudar a desorientá-los.

– Agora não entendi...

– Vou pegar uma de suas peças de roupa e colocá-la na porta de outra pessoa. Isso retardará os homens de Manzon e você sairá sem risco. Aproveite a ilha. Ao desembarcar, você procurará um amigo meu. O nome dele é Samuel. Entregue este bilhete a ele. Não se preocupe, ele tem uma boa alma, saberá o que fazer. Nos comunicaremos. Darei notícias.

- Obrigado, amigo.

- Não me agradeça ainda...

XV

- Procurem-no! Achem esse infeliz e deem a ele o que merece. Mas sejam discretos. Procurem em todos os ambientes do navio. Quero que vigiem Smith vinte e quatro horas por dia. Sem dúvida, ele o está ajudando. Se deixarem que escape, serão todos demitidos, entenderam?

- Sim, Sr. Manzon. Ele não irá escapar e já sabemos o que fazer com ele.

- Agora, discrição... não assustem os convidados ou deixem que percebam o que está acontecendo, muito menos minha filha. Não a deixem desconfiar de nada.

Toda vez que Manzon se lembrava do rapaz lhe subia um ódio inimaginável. Não aceitava a petulância de um jovem que não tinha onde cair morto. Muito menos que namorasse sua filha. Seria demais. Não tinha como engolir aquilo. Isso faria do moço seu principal inimigo... a bola da vez.

Alguns minutos depois de iniciada a busca pelo navio, um segurança encontrou uma pista.

- Senhor Manzon, achamos o rapaz.

– Traga-o aqui. Se derem muito trabalho, amarrem--no e joguem-no ao mar ainda com vida.

– Não vai dar, senhor.

– Como não vai dar, seu idiota? Se não jogar, eu pessoalmente o jogarei junto com ele.

– Senhor, achamos parte das roupas de Carlo Vicenzo na porta da cabina ao lado. Não podemos invadi-la. Ou o senhor autoriza que arrombemos a porta?

– Não, tudo bem. Deixem homens de plantão, mas não deixem que Smith os veja. Ele virá para o salão principal à noite. O desgraçado tentará sair até o desembarque amanhã. Qualquer movimentação estranha, me comunique de imediato, entendeu?

– Sim, senhor.

Mais à frente, na cabina de uma amiga, Smith e Carlo se esbaldaram de rir.

– Ha!Ha!Ha! Que divertido. Eles vão ficar plantados na porta da cabina achando que você está lá.

– Que ideia, Smith.

– Isso é chamado de desorientação, meu amigo. Divertido mesmo será seu desembarque na ilha. Ha!Ha!Ha!

No dia seguinte, na hora do desembarque, todos os homens de Manzon estavam a postos na cabina suspeita.

– Sr. Manzon, a área está toda cercada desde ontem, como o senhor pediu. Confirmamos ainda que o Sr. Smith pediu que fosse servido café para dois em seus aposentos.

– Excelente, Benson. Vigie os dois aposentos suspeitos. Vou fazer uma surpresa para os dois pessoalmente. Destes, vou cuidar direitinho.

Dez minutos depois, Capriatti chegou à cabina do amigo.

- Smith, abra... sei que está aí.

- Manzon?! A que devo a honra...

- Sei que ele está aqui. Homens, vasculhem tudo.

- Quem você está procurando aqui?

- Não me faça de tolo, Smith. Sei que pediu café para dois.

- Acordei com muita fome e acho que fiz certo, pois não esperava sua visita tão cedo. Agora quero que seus homens se retirem de meus aposentos e que você me peça desculpas por todo o constrangimento causado. Se as pessoas ficarem sabendo o que você anda fazendo com seus passageiros, não acredito que ficariam felizes a ponto de investir nos seus negócios.

- Desculpe-nos pela perturbação que causamos. Mas vou lhe dizer uma coisa... vou achar aquele camarão imundo... e, quando o achar, não vai servir nem de isca para sardinha. Vamos, homens, vasculhem todos os acessos de saída do navio. Ele não pode ter virado fumaça.

Um pouco mais à frente, na cabina da Sra. Giovanna Tasotti, amiga de longa data de John Smith:

- Aqui está o pagamento pelos serviços extras. Deixe-o em segurança fora do navio.

- Não se preocupe, senhora. Ele sairá a salvo.

O servente saiu pelo corredor em meio aos seguranças empurrando o carrinho de roupa suja onde se encontrava escondido Vicenzo. O rapaz o levou para fora do navio.

- Pode sair. Aqui você está a salvo.

Carlo Vicenzo ficou olhando o navio a uma distância segura. Não acreditava no tamanho de sua impotência para resolver a situação. Ele começou a desconfiar de que o grande amor que encontrou na sua vida dificilmente lhe pertenceria. O tempo e o destino, de mãos dadas, se encarregaram de tirá-lo de suas mãos. Nesse momento, o silêncio do amor cortava-lhe a alma. Mas, como bom emotivo, alimentava esperança. Ainda tinha a certeza de que era preciso dar um passo para trás, para conseguir ir mais longe. Precisava ter fé e se agarrar ao que restava de esperança. Era o que o mantinha de pé diante da situação. Às vezes, a felicidade se torna mais distante para quem corre atrás dela.

- Bom dia, o senhor é Juan Carlo Vicenzo?

- Sim.

- Estava à sua espera, sou Samuel, amigo de John Smith. Não se preocupe, estou aqui para ajudá-lo.

- Ele pediu para que eu lhe entregasse este bilhete.

- Ah! Sim... tudo bem, vamos. Temos que comprar roupas, sapatos e acomodá-lo em minha casa.

- Não quero incomodar. Melhor você me levar para o hotel.

- Eu não estaria tão certo disso, pois o primeiro lugar em que irão procurá-lo será no hotel.

XVI

Depois de verificar em todos os compartimentos do transatlântico, os seguranças nada encontraram e voltaram de mãos vazias para Manzon. Àquela altura, sua raiva era terrivelmente incontrolável. Seus olhos eram capazes de queimar uma pessoa, e Benson era quem estava em sua mira.

- Senhor, os homens não encontraram nenhum sinal do rapaz. Procuraram em todos os ambientes. Acho que ele escapou.

- O que faço, Benson? Você tem sorte de seu pai ter trabalhado há muitos anos para o meu e ter sido impecável em seus afazeres. Por isso não vou mandá-lo embora. Mas os outros, assim que voltarmos, quero todos no olho da rua.

- Sim, senhor.

- Chame Katharine e Judith. Ela procurou, pois agora vai encontrar. Vou ficar pensando no que farei. Quando elas chegarem, quero que as duas entrem imediatamente. Ninguém entra ou sai até minha ordem, entendeu? Dá pra fazer isso, Benson, ou preciso ir buscá-las pessoalmente?

– Não, senhor, irei buscá-las imediatamente. Com sua licença.

Depois de vinte minutos, Benson chegou com as intimadas, como ordenado. As duas entraram na sala. Manzon as aguardava. Benson fechou a porta e ficou plantado na entrada para que ninguém perturbasse. Lá dentro, as expectativas e indefinições eram enormes sobre o que se passava na cabeça daquele homem com um olhar raivoso que andava de um canto a outro da sala segurando um charuto e um copo de uísque. Judith e Katharine, de tão juntas, por pouco não pareciam uma só pessoa. Entraram de cabeça baixa e aguardavam o sermão. Já sabiam o que se passava.

– Muito bem... espero que vocês estejam orgulhosas do que está acontecendo.

– Pai.

– Cala a boca... você só vai responder às minhas perguntas.

– Você sabe quem é aquele homem do quadro?

– É meu avô, Frederico.

– Você sabe quantas vezes eu o decepcionei?

– Não, pai.

– Nenhuma... você sabe por quê?

Katharine estava às lágrimas e muda.

– Responda.

– Não sei, pai.

– Porque eu o temia. Tinha pavor de imaginar o que ele poderia fazer comigo se eu apenas sonhasse em desobedecer suas ordens. Disciplina era a palavra-chave para a nossa boa convivência. E onde estou hoje? O que sou hoje, hã? Graças a ele estou aqui... forte... honrando cada minuto e cada centavo que ele gastou se dedicando a mim. E você? O que você fez? Sua mãe a estragou com aquelas tolices de amor... de cuidado exagerado... está aí o resultado. Mas vou cuidar disso direitinho. Agora, da minha maneira. Você vai colher o que plantou... Ah, se vai!

As duas se olharam numa mistura de espanto e medo.

– Benson, enquanto penso no futuro que darei a Katharine, leve-as aos aposentos e certifique-se de que nada nem ninguém as perturbe. Judith, você está ouvindo a minha ordem, cumpra.

– Sim, senhor.

Logo que se retiraram, a porta novamente se abriu:

– Eu não quero ser incomodado enquanto estiver pensando, Benson.

– Não, senhor, sou eu.

– Não quero falar sobre nada no momento, saia.

Era Jean Lucka quem acabara de chegar. Esperou o segurança passar com as mulheres e entrou desconfiado e com medo. A hora do tudo ou nada havia chegado para ele. O grande momento da sua vida. A oportunidade de resolver seus problemas financeiros para sempre e, ainda, de ter a mulher mais linda que seus olhos já conseguiram ver. A pessoa que mudaria seu destino estava poucos metros à sua frente, de costas, olhando fixamente para o quadro de seu pai. Permanecia com o olhar distante e imóvel, mordendo o charuto. Sobre a mesa, uma garrafa de uísque aberta e um copo. A sala estava em silêncio. Nada incomoda mais um homem do que o silêncio. Mas o jovem jogador sabia que dificilmente haveria outra oportunidade de encontrá-lo com a mente tão confusa, portanto, seria fácil induzi-lo a aceitar uma ideia. Tinha consigo a certeza de que seria muito arriscado, mas qual grande investida não trazia risco? Concentrou-se, respirou profundamente e lançou a cartada do jogo.

– Senhor, sei do momento difícil pelo qual está passando. Sei também que não merece passar por esse constrangimento, pela história de vida que todos que trabalham aqui já conhecem. É um homem inteligente e sagaz. Saberá como sair dessa situação. Não nasci em um berço como o do senhor, mas o compreendo porque temos a mesma natureza. Na disciplina, no trabalho, na ambição, na persuasão. O senhor mesmo me disse isso quando nos encontramos pela primeira vez. Se eu puder ajudá-lo a contornar essa incômoda situação sem que a sociedade ou seus amigos tomem conhecimento dela, evitando ainda mais aborrecimentos, por favor, conte comigo. Estou à sua disposição. Pode contar comigo, serei fiel aos seus propósitos.

– Acabou, garoto.

– Já, senhor.

– Bata a porta ao sair.

Sorrindo pelo corredor e cantarolando, o garoto saiu. Agora só restava aguardar o efeito da jogada. Seria a glória completa ou perderia a oportunidade de permanecer em um bom emprego. Mas a vida o ensinou a jogar. Era o que fazia de melhor. Não adiantava ter boas cartas na mão se não soubesse como, onde e quando jogá-las. A oportunidade apareceu, agora era conter a ansiedade e manter a calma para que não percebessem qual seria a sua próxima jogada.

XVII

Era fim de tarde na costa africana. O entardecer púrpuro trazia um brilho especial aos olhos daquelas pessoas que se reuniam para apreciar aquele quadro vivo. A ilha de Praia, em Cabo Verde, se tornava afrodisíaca, e não somente pela exuberância em sua paisagem. Ao desembarcar na ilha, era comum ver turistas se encantarem rapidamente com a alegria dos nativos. Um lugar que parecia ser um dos preferidos de Deus para descansar. É como se o pecado e as impurezas do homem ainda não tivessem fincado estadia por lá. O sorriso ingênuo e o comportamento singelos dos locais faziam com que, mesmo por alguns instantes, tivéssemos a sensação de que todos ainda permaneciam crianças. E essa felicidade pura contagiava até mesmo o mais frio dos homens, de qualquer parte do mundo.

A tripulação e os passageiros, conduzidos pela curiosidade, se espalhavam rapidamente pela ilha, atraídos pelo que poderíamos chamar de "resgate da infância perdida". Por alguns momentos, estavam livres das diferenças, dos aborrecimentos, das amarguras e das preocupações. A única coisa que pareciam querer era sorrir mais e mais.

Logo, a noite pediu passagem e se estabeleceu no lugar do dia. O escurecer foi chegando timidamente, mas com um brilho especial que saudava todos que ali estavam. Até mesmo o glamour do hotel cedeu aos encantos da festa que acontecia do lado de fora. O colorido das roupas e a iluminação com as tochas se harmonizavam com a música e as bebidas típicas do local. Artistas e artesãos davam charme à grande confraternização.

No dia seguinte, todos os turistas e a tripulação se encontravam acomodados no principal hotel da cidade de Praia, capital de Cabo Verde. Do outro lado da ilha, Samuel, como todo bom anfitrião africano, tratou de oferecer todo o conforto de sua humilde residência ao amigo do amigo. E isso, de certa maneira, incomodava Vicenzo, pois sua presença alterou a rotina da família.

– Carlo, essa é minha esposa, Tina, e esses são meus filhos, Pedro e Samara, os bagunceiros da casa.

– É um prazer. Obrigado pela hospitalidade, mas não quero atrapalhar a rotina de vocês.

– Não se preocupe. É uma satisfação poder ajudar. Hoje nossa família está unida e feliz por causa de Smith, devemos isso a ele. Passamos por muitas dificuldades, e ele nos direcionou, nos deu a oportunidade de estudar, de trabalhar. Com a ajuda dele, nos capacitamos e, principalmente, aprendemos a confiar em nós mesmos. Hoje o que temos pode parecer pouco, mas é o sonho de todo africano.

– Como estão as questões políticas na África?

– A vida nos reserva muitas surpresas, meu amigo, algumas boas... outras nem tanto. As ruins nos ensinaram a ser mais fortes e perseverantes. Talvez as maiores marcas de um africano nato. No entanto, o orgulho nasce da superação. Em alguns lugares, tivemos coragem, atropelamos o voto comprado e elegemos governantes legitimamente do povo. Muitos não têm consciência do que representa esta vitória. Falo da vitória da democracia, da mudança e do povo. O poder está retornando a quem ele pertence de fato e de direito: nós, o povo africano. Não falo de uma pessoa nem de um partido, mas de uma ideologia que nos faz acreditar em respeito, igualdade, reciprocidade, harmonia e oportunidade, que nos dá o poder de sonhar com o amanhã. Quantas pessoas idealizaram com sensibilidade essa real noção de sociedade e ficaram pelo caminho sem que ninguém as escutasse, sem poder reivindicar seus próprios direitos? Quantos se renderam à bebida, frustrados por gritarem por igualdade e serem ignorados, desrespeitados e mortos? Quantos levantaram as mãos para o céu com brilhosos braceletes oferecidos pelo exército simplesmente por pedirem mudança? Quantos pelo mundo afora ainda deixam de enxergar essa luta que atravessa séculos porque a África não oferece lucro para a economia mundial? Querem tirar proveito da nossa inocência para enriquecer ainda mais seus povos com escravidão e diamantes. Esperamos ansiosos que o fim definitivo esteja próximo. Muitos choram até hoje ao saber que o suor e o sangue derramados não foram em vão. Vitória, simplesmente vitória. Hoje o nosso lema é "Sonhe meu amor, sonhe porque o sonho anestesia a dor e amadurece o ideal...". Acredito que o povo se cansou de apanhar da mão da ignorância. O sofrimento expresso no rosto da população é algo intransponível bastante forte, e ficará marcado no espírito do nosso povo.

O africano descobriu sua força, e hoje sabe que a África precisa mais de sua força de trabalho do que de falsas promessas. Falta ainda muito, mas acreditamos estar no caminho certo. A concepção mudou e, com o amadurecimento, veio a esperança. Não há justificativa para tanta gente passar fome, tanta gente não possuir um lar e viver em condições desumanas. Vão-se as marcas e fica a fé, a esperança de poder ver a dignidade no olhar de cada estudante, de cada trabalhador e de cada aposentado. Falo com o coração em lágrimas, pois faço parte desse mesmo povo. O que falo, o que penso e o que sinto é o reflexo do que cada cidadão gostaria de expressar neste momento, pois quando fecho meus olhos e penso na minha África, a imagino com os sonhos livres... com a realidade livre, pois enquanto existir amor e sonho, existirá essa mesma esperança que nos alimenta e nos une. No momento em que abro os olhos, vejo que tenho uma identidade. Tenho certeza de que minha terra tem alma e essência. Como podemos observar hoje, a África se faz não somente do que estou falando, mas também de meia dúzia de pessoas mal-intencionadas que acham que podem comprar toda essa essência e riqueza que constitui o nosso povo. Apesar da derrama de dinheiro por parte dos gringos para financiar a guerra e corromper nossa gente, a consciência do nosso povo está vencendo, aos poucos, todos os obstáculos provocados pela ganância. Os africanos de todas as nações e etnias sonham o mesmo sonho, o de nos unirmos para a marcha rumo à liberdade de poder escolher nosso próprio destino, nosso próprio caminho e nossa felicidade. Queremos poder gritar para o mundo que não temos mais donos. Com certo discernimento, a população africana tem agora uma perspectiva otimista, acredita na possibilidade de crescimento sem que haja um massacre de outras camadas sociais. O índice de criminalidade, que nos últimos anos havia crescido assustadoramente, reduziu, dando oportunidade e autoestima aos nossos jovens, que hoje crescem e acreditam que tudo será possível. Nosso lavrador ainda olha meio desconfiado para as mudanças, mas tem a consciência de seus valores, pois, com sua mente livre, poderá ser o que quiser e não mais precisará contar o orgulho de outrem, contará o seu. É difícil falar de uma questão que envolve o destino do meu povo sem deixar que a sensibilidade toque meu ser. Falo, penso e sinto porque sou milhões... sou um povo.

- Nossa, Samuel, que consciência política você tem... já pensou em ser o representante de sua Nação?

- Essa já é uma outra história... vamos pra mesa, porque a Tina caprichou no preparo da refeição e essa comida é boa quente.

XVIII

- O Senhor mandou me chamar?

- Mandei, filho... porque hoje é o seu dia de sorte.

- Meu?

- É... você tem um jeito muito parecido com o meu, como havia falado anteriormente. É ambicioso, disciplinado e sabe o que quer da vida. Falta pedigree, é verdade, mas dá-se um jeito para isso.

- É uma honra ser comparado com um homem como o senhor.

Manzon agia de forma diferente da habitual, como se estivesse surtado. Para assustar ainda mais, dirigiu-se à porta e passou a chave para evitar que alguém entrasse. Benson estava do lado de fora para garantir que ninguém o interrompesse. O medo tomava conta do rapaz, mas ele não deixava que Manzon percebesse. Por seus lábios não corria mais sangue só de imaginar que seu fim poderia chegar ali.

- Sente-se, filho.

O rapaz se aproximou da mesa e se sentou...

- Aceita um uísque?

Aparentemente calmo, o rapaz preparou sua dose e de vez em quando olhava para a cara fechada de Benson.

- Bem, eu chamei você aqui para anunciar que, ao retornarmos desta magnífica viagem, você, jovem, e minha adorável filha...

Uma batida na porta interrompeu a conversa.

- Senhor, Katharine e Judith chegaram.

- Ótimo. Peça que entrem.

As duas entraram desconfiadas e se colocaram na frente da mesa de Manzon, onde já se encontrava o jovem rapaz.

- Chamei vocês aqui para anunciar que, quando voltarmos desta viagem, irão se casar.

- O quê?!

- É isso mesmo que você escutou, minha filha.

- O senhor não pode...

- Ah! Posso, sim. Você não vai desfilar por aí com aquele vagabundo. Este rapaz pelo menos tem postura, pensa como eu, tem visão dos negócios e logo será um homem bem-sucedido, de sucesso. Você não vai destruir a reputação da minha família que já dura séculos. Isso não acontecerá apenas se o rapaz não aceitar.

Katharine olhou para o rapaz com uma cara de desaprovação.

- Não tenho nada a ver com isso... nem eu mesmo sabia - justificou o rapaz.

Katharine saiu correndo do escritório e Judith foi atrás dela.

- E você, inseto, vai continuar me dando lucro e não pise em falso comigo.

- Não se preocupe, senhor, pode confiar em mim, farei de sua filha a mulher mais feliz do mundo e...

- Me poupe dessas baboseiras... agora volte para seu posto e tire dinheiro e informações preciosas dos barões, você vai me custar muito caro. Ela vai se acostumar com a ideia. Dinheiro e pisa só não mudam uma pessoa quando são poucos, já dizia meu pai, que ouvia isso do meu avô.

- Sim, senhor. Vou voltar agora mesmo... deixei a mesa sozinha com o assistente.

Barthollo saiu sem expressar nenhum sorriso, mas a velha raposa pôde sentir sua alegria. Manzon tinha alguns anos à frente. O rapaz ainda tinha muito a aprender. A atitude deixou Benson surpreso, que não resistiu, e perguntou.

- O senhor confia mesmo nesse rapaz? Desculpe, sei que não posso intervir em assuntos particulares do senhor.

- E não pode mesmo. Você é pago para fazer o que mando e não para ter olhos, ouvidos e boca.

- Perdão, senhor.

- Mas vou lhe explicar. O rapaz é muito talentoso com as cartas, um fenômeno. Ele é um verdadeiro gênio. Tem um futuro promissor. Não chegamos ainda a Barcelona e o garoto já me deu até agora um retorno cinco vezes maior que o de Oscar em toda a viagem. Sem falar que o velho já está em final de linha. Com um pouco mais de tempo, o garoto poderá gerenciar todos os meus negócios, sob minha supervisão, é lógico. Ele tem conhecimento, talento, persuasão e ambição pra isso. Esse rapaz vai me deixar mais rico. Com o casamento, ele me será fiel e não correrei o risco de perdê-lo. Vai estar sempre por perto. Katharine e meu futuro neto também estarão. Com isso, afasto de vez as chances de rever aquele moleque atrevido. Vou ter saúde para educar meu futuro neto para que ele possa assumir meus negócios. Jean Lucka Barthollo, então, se tornará descartável.

O velho continuou fumando seu charuto e olhando para o quadro de seu pai. Agora com um sorriso expresso no rosto.

XIX

– Samuel, tenho que voltar para o navio.

– Mas o Sr. Smith me orientou a fazer você relaxar enquanto ele pensa em algo.

– Não suporto ficar aqui pensando o que pode estar acontecendo com Katharine naquele transatlântico. Você não sabe de que tipo de pessoas ela está cercada. O pior de todos é o pai dela. Ele a tortura demasiadamente.

– A paciência é o principal aliado dos sábios... ela só é conquistada com a prática. Calma, rapaz.

– É verdade, você está certo. Mas estou com uma sensação enorme de impotência.

– Você logo receberá notícias. Acredito que muito em breve. Você tem um bom anjo da guarda: John Smith.

Carlo ouviu as palavras serenas de Samuel e conteve sua ansiedade.

Os dias pareciam não ter fim, mas as noites eram ainda mais difíceis e longas. O olhar distante para o horizonte parecia esperar por notícias trazidas da imensidão daquele mar. O silêncio era rompido somente pelo barulho das ondas quebrando a seus pés. Isso tornava a situação ainda mais agonizante.

Ao acordar, Samuel encontrou a cama de Carlo vazia. Os lençóis não foram sequer tocados. Ele o procurou por toda a ilha e não o encontrou. Então, só lhe restou uma ação a ser tomada.

– Sr. Smith, seu amigo, Carlo Vicenzo, desapareceu. Acredito que ele possa ter voltado para o navio.

– Será? Isso não seria nada bom.

XX

– Eu me caso com Barthollo, mas o senhor vai me prometer que não fará mal algum a Vicenzo. Se isso acontecer, prometo, por minha mãe, que não irei mais dirigir a palavra ao senhor, meu pai. E sabe mais do que ninguém que honro o que prometo. Agora quero que me garanta. Sei que também honrará sua palavra.

– Você não está em posição de exigir nada. Mas garanto que, por minhas mãos, ele não morrerá.

– Nem por sua ordem. Prometa!

– Sim, está prometido. Então, quando voltarmos a Buenos Aires, providenciarei os preparativos para o casamento.

– Também não precisarei andar mais com seus seguranças atrás de mim.

– Perfeitamente. Benson, dispense os rapazes.

Katharine saiu do escritório do pai batendo a porta, aos prantos e profundamente desnorteada. Não sabia para onde iria naquele momento. Necessitava de paz para respirar. De repente, ela encontrou Smith no corredor, que, ao ver seu desespero, tentou consolá-la.

– Katharine, você está nervosa demais. Sei o que está acontecendo. Não se preocupe, Carlo me contou tudo e estou ajudando vocês. Pode contar comigo.

– Meu pai vai me casar com o crupiê. Ele me fez prometer que casaria com Barthollo para não fazer mal a Carlo. Não tenho mais o que fazer, Smith.

A tristeza tomou conta daquele coração, agora despedaçado. Mas o velho amigo, com toda experiência e serenidade, tentou confortá-la.

– Calma, há uma saída para tudo. Vamos para meus aposentos, lá conversaremos melhor. Recomponha-se. Se continuar neste estado, não conseguirá refletir muito bem.

Enquanto isso, no cassino, Barthollo continuou focado em seu projeto de vida. Ele conseguiu aumentar ainda mais o volume de apostas. Ensinou os outros funcionários a filosofia de trabalhar com os barões, instigando e massageando suas vaidades. Isso deixava seu futuro sogro ainda mais rico e, obviamente, mais satisfeito.

XXI

Depois de deixar a capital de Cabo Verde, o Les Imortales seguiu para Casablanca no Marrocos. Os dias passavam lentamente e todos ficavam se perguntando o que teria acontecido com Carlo Vicenzo. Teria ficado na ilha ou voltado para o Brasil? Ou será que Manzon não cumpriu o prometido e decretou o fim do rapaz? Katharine ficou muito angustiada com todas essas incertezas. Smith tentou descobrir alguma pista, mas não obteve sucesso.

Ao chegar ao Marrocos, um grupo de guias nativos aguardava o desembarque para um tour programado para mostrar os enigmáticos pontos turísticos e um pouco da exótica cultura milenar, que sustenta tradições até hoje.

Smith saiu do navio disposto a tomar um tradicional café marroquino. Pegou informações com um dos guias e foi sozinho. Passeou um pouco pelas misteriosas ruas de Casablanca antes de parar em uma cafeteria. Sentou, abriu um jornal local e pediu um café. Depois de alguns minutos, alguém o interrogou:

- Mais café, senhor?

– Não, filho, obrigado.

– Aquele que prende tristeza não liberta sorrisos.

O velho Smith reconheceu aquela voz e virou-se rapidamente. Viu que não daria para reconhecer o rapaz com aquelas vestes típicas do local, o disfarce perfeito, mas aquela voz suave e segura já era reconhecida por ele:

– Carlo?! Que bom vê-lo, meu amigo. Estava preocupado. Samuel me falou que você tinha sumido. Fico feliz em ver que está bem.

– Tive que vir, não estava mais aguentando ficar distante de Katharine. Como ela está? Você a tem visto?

– Vamos sair daqui. Você corre sério perigo, muito mais do que quando saiu do Les Imortales.

– Do que você está falando? Aconteceu mais alguma coisa depois que eu saí?

– Vamos sair daqui, rápido. Quando estivermos seguros, eu contarei tudo a você, prometo.

Em outro ponto da cidade, longe da movimentação dos turistas, os dois sentaram e começaram a dialogar. Smith contou toda a verdade ao amigo, que, de imediato, sentiu uma dor jamais sentida antes. Uma dor tamanha que lhe rasgava o peito.

Carlo estava perdido em um turbilhão de sensações. Como aceitar essas performances do destino? Em uma hora lhe deu o maior presente que um homem poderia ganhar: conhecer de fato o amor. O sentimento mais cristalino e poderoso, que deixa todas as nossas ações com tons mais fortes. Em seguida, esse mesmo destino arrancou dele esse amor, como se tirasse uma roupa. Deixando-o sem vida, como o banco de uma praça. O que fazer em tal circunstância?

Aceitar de bom grado essa situação para evitar mais sofrimentos a todos que estão envolvidos? Ir até o fim e brigar pelo que se quer de verdade e pelo que vale de fato a pena? A vida realmente é feita de decisões. Em tal situação, quando se trata desse poderoso e estimável sentimento, qualquer ação, por menor que seja, terá efeitos irrecuperáveis e que mudarão o destino dos envolvidos. Deixará cicatrizes que serão lembradas por toda a vida, que jamais serão apagadas. O amor é capaz de causar o verdadeiro efeito borboleta. Então, o que fazer? Razão ou emoção? Qual caminho seguir? Sem dúvida alguma, essa é a mais importante decisão que tomamos em nossa particular trajetória. Só que às vezes a vida parece torna-se injusta, pois nem todos os homens são convidados a provar desse nobre e difícil sentimento. Somente poucos mortais o experimentam. Isso se dá porque poucos homens conseguem guardar um pouco da sensibilidade da infância. E sem sensibilidade não existe amor.

Carlo baixou a cabeça, deixou cair os adereços que estavam em suas mãos e saiu andando lentamente e sem rumo. Smith entendeu que o amigo havia desistido, não de seu amor, mas de Katharine. Dessa vez, não tinha palavras para lhe consolar. Embora tivesse vontade de incentivar Carlo a brigar pelo amor da moça, era também sabedor de que ele poderia acabar morto pelas mãos de Manzon.

Então, Smith lhe deu um abraço de conforto. Não aguentava olhar para a fragilidade em que o amigo se encontrava naquele instante:

- Carlo, o que vai fazer? Vai voltar para o Brasil?

– Não sei, amigo, não sei. Obrigado por tudo que fez. Quando eu curar essa dor, farei uma visita.

Carlo saiu vagando pela praça até sumir da vista de Smith.

XXII

– Bom dia, Katharine, vamos levantar, já está tarde. Preparei um café da manhã com tudo que você gosta. Tem alfajores deliciosos que...

Antes que Judith pudesse terminar, Katharine saiu correndo para o banheiro e debruçou-se no vaso. A moça estava sem cor e com bastantes olheiras. Ao terminar, Judith a puxou e a levou em direção à claridade. Então pôde constatar o que tinha imaginado:

– Ai, meu D-E-U-S. O que você fez? Você está grávida.

Katharine sentou na cama. Assustada, abraçou Judith, que se encontrava aterrorizada:

– Será, Judith? Pode ser somente uma indisposição devido ao balanço do mar ou algo que comi.

– Não, minha filha, nunca me engano. Você está com as mesmas feições da sua mãe quando estava grávida de você. Desta vez, não tenho outra saída a não ser contar para seu pai.

– Não, Judith, conhece muito bem meu pai, ele vai me matar.

– É por conhecer bem seu pai que terei que contar. Ele não irá me perdoar se souber que escondi isso dele.

– Judith, pelo bem que deseja a mim. Pelo amor que diz sentir por mim desde o momento em que me viu pela primeira vez, não conte para o meu pai.

– Não posso, Katharine. Seu pai me destruirá, me demitirá e nunca mais poderei vê-la. Sabe da promessa que fiz à sua mãe.

– Façamos o seguinte: segure essa informação até chegarmos a Barcelona. É o tempo de que preciso para ajustar essa situação. Depois da grande festa, se eu não tiver resolvido o problema, você poderá contar. Promete que não contará antes?

Judith ficou olhando para o semblante assustado de Katharine e disse:

– Tudo bem...

– Obrigada, Judith... eu...

– Mas lembre-se: até a grande festa. Nada mais que isso.

– Tudo bem... tenho dois dias para resolver essa situação.

Depois do banho e de um ótimo café da manhã, a filha de Manzon foi atrás da pessoa que ela menos imaginava procurar:

– Sr. Barthollo, pode me dar um minuto da sua atenção.

– Todos, até o último da minha vida, só não me chame mais de senhor.

– Que bom ouvir isso. Preciso ajustar algo com você.

Jean Barthollo estranhou o comportamento da moça. A atitude de procurá-lo, a simpatia anormal. Sabia que alguma coisa estava acontecendo. Ele deixou que ela falasse:

- O que você gostaria de ajustar?

- Quero saber se gosta mesmo de mim ou se está interessado no dinheiro do meu pai?

- Não sei o que fiz a você para me ofender dessa maneira. Não sou uma pessoa emotiva como Juan Carlo. Sou racional, é verdade. Mas nós racionais também amamos, do nosso jeito, mas amamos de verdade. Acredito que eu seja o equilíbrio que precisa para a sua vida. Nunca pensou nisso? Estou disposto a fazer tudo para ter você do meu lado porque acredito no sucesso da nossa relação. Comigo terá a liberdade que tanto almeja alcançar. Com o tempo, aprenderá a me amar, pois terá tudo de que precisa. Amor, fidelidade, segurança, amizade e, principalmente, respeito. Se conhece bem Carlo, sabe que teria um futuro incerto ao lado dele. É um rapaz bonito, mas boêmio, que gosta da noite e é sedento por sedução. Será que daria certo? Será que ele aceitaria o cotidiano de casado? Olhe bem para a natureza dele. Estará sempre incomodada com qualquer mulher que se aproximar dele. Será que seria um bom exemplo para seus filhos? Pense nos inúmeros conflitos e infortúnios que terá que administrar. Casar qualidades é muito fácil, mas a união verdadeira somente acontece quando se casam os defeitos. Os emotivos dizem que o amor tudo resolve, será? A vida não é como o final de um filme, já lhe disse isso. Não adianta crer em ilusão, isto aqui é a realidade.

- Você está confundindo minha cabeça.

– Não estou confundindo você. Estou lhe dando de presente o privilégio da dúvida. Sabe que estou falando a verdade. Não estou falando mal de Carlo. Estou simplesmente mostrando quem é o Carlo Vicenzo além do sonho que você construiu. Permita-me mostrar-lhe que é possível ser feliz em um mundo real.

Katharine foi pega de surpresa. Barthollo a surpreendeu. Ficou de fato desarmada. Sabia que tudo que havia dito era mesmo verdade. De alguma forma, aquelas palavras eram tudo que ela precisava ouvir diante do contexto que estava vivenciando. O crupiê aproximou-se, mirou os olhos dela e a beijou. Ela aceitou. Não fez nenhuma menção em sair. Foi um beijo quente e demorado. De repente, o silêncio foi rompido:

– Estou grávida.

Barthollo abriu os olhos lentamente e encontrou os olhos já abertos de Katharine. Ele a segurou pelos ombros e olhou dentro de seus olhos. A filha de Manzon estava fria, esperando a reação do rapaz.

– Confesso que estou surpreso. Se não for pretexto para não se casar comigo...

– Não é pretexto... você tinha que saber. Não é justo esconder uma informação como essa. Meu pai acabará comigo e com Carlo se souber. Agora sabe meu segredo. Não sei o por quê, mas não estou com medo. Esses dias para mim foram muito marcantes. Os mais intensos da minha vida.

Os dois ficaram se olhando. Nesse instante, começou a cair uma forte chuva. Os dois pareciam não se importar. Katharine foi saindo lentamente sem saber o que se passava na cabeça de Jean Lucka. Com certeza, estava em conflito. Ela sentia-se desarmada. Tudo estava nas mãos de Barthollo.

- Ainda quero me casar com você. Prometo que serei o melhor pai que esse filho poderá ter.

Katharine virou-se, Barthollo se aproximou e a beijou novamente.

- Agora vá... esse tempo não é bom para você nem para o bebê.

A moça, ainda assustada com a reação do rapaz, acenou com a cabeça e dirigiu-se aos seus aposentos. Para ela, o crupiê parecia mesmo estar decido a casar. Jean Lucka passava a segurança que toda mulher gostaria de sentir. E o mais importante era que, se casando, Carlo estaria completamente fora de risco. Barthollo permaneceu um bom tempo na chuva, dançando e feliz. Por alguns instantes, provou um pouco da natureza emotiva. O amor é o único poder capaz de gerar tal efeito.

XXIII

O Les Imortales chegou à capital da Catalunha ainda cedo, numa manhã de sol forte e céu azul. Todos os passageiros estavam felizes e ansiosos para aportar em Barcelona. A cidade respira arte. É apaixonante e tem um povo forte. Não se comentava outra coisa a não ser a glamorosa festa que aconteceria em um dos mais tradicionais hotéis da cidade. Todos os jornais davam destaque ao evento. O hotel fazia seus últimos ajustes quando os hóspedes especiais começaram a chegar. Todos corriam muito para que tudo ficasse perfeito. A maioria dos passageiros foram passear. Na suíte presidencial, Barthollo apresentava os últimos números da viagem.

- Sr. Manzon, aqui está o resultado de toda a movimentação da viagem.

- Seus números são realmente impressionantes, filho. Você, a partir de agora, vai ficar responsável por todo o cassino, pelo bar e pelo restaurante. Pude observar que os outros jogos também cresceram depois que você exerceu liderança sobre os demais. O que você me diz da proposta?

- Eu aceito, Sr. Manzon.

- A propósito, hoje anunciarei a data do seu casamento com minha filha. Daqui mesmo de Barcelona, tomarei todas as providências. A cerimônia será mesmo em Buenos Aires.

Já era noite em Barcelona quando foi dado o início à grande festa no mais luxuoso hotel da cidade. As imensas janelas do salão estavam abertas. O piso emadeirado refletia o glamour dos chamativos lustres. No início da festa, os convidados ficaram próximos às janelas apreciando a coreografia dos fogos de artifício. Ao término do show pirotécnico, a orquestra começou a tocar. Bailarinos profissionais convidavam as pessoas para divertirem-se no meio do salão. A mesa de Smith, como sempre, era a mais animada. Ele realmente era outra pessoa. Mais sorridente, reaprendeu a apreciar os momentos.

- Smith, gostaria de me desculpar com você. Em alguns momentos não me comportei como um amigo.

- Desculpas aceitas, Manzon. Não quero guardar mágoas de ninguém, principalmente de você, com quem convivi toda minha infância. Não gosto de algumas atitudes suas, mas tenho respeito por você e pela tradicional amizade entre nossas famílias. Cada um no seu universo, com seu estilo.

- Perfeitamente, meu amigo... cada um com seu estilo. Sem ressentimentos?

- Sem ressentimentos.

Manzon saiu para cumprimentar os outros convidados e Katharine se aproximou:

– Sr. Smith, muito obrigada por toda a ajuda que me deu. Se não fossem seus conselhos, não sei se teria me recuperado.

– Por nada, minha filha, está tudo bem com você agora?

– Sinto um vazio dentro de mim, mas acho que meu casamento com Barthollo será melhor para todos nós. Nunca poderia imaginar que uma viagem mudaria o rumo da minha história. Foram os dias mais marcantes da minha vida.

– Espero que encontre sua tão sonhada paz. Estou na torcida por sua felicidade.

– Tem notícias?

– Notícias de quê?

– Sr. Smith, por favor. Irei me casar, só quero ter a certeza de que está tudo bem.

– Sim, filha, está tudo bem. Seu pai está feliz, você está bem, Juan Carlo vai ficar bem e todos continuarão a procurar a felicidade.

– Ele já sabe que irei me casar?

– Sim, já sabe.

– E...

– Filha, esqueça-o. Procure ser feliz com o que você tem hoje. Não conseguiria ficar com ele tendo conflito com o resto do mundo. Se gosta tanto dele assim, deixe-o livre e torça para que ele alcance a felicidade também. É isso que devemos fazer pelas pessoas que amamos.

– É verdade. Mais uma vez, obrigada.

– Pai.

Em meio à conversa com Katharine, John Smith é surpreendido pela chegada de toda sua família. Filhos, noras e netos.

- Vocês aqui? Mas como...

- Um de seus amigos, que não quis se identificar, telefonou e nos alertou sobre o quão espetacular é o nosso pai. Ele nos fez ver alguns pontos importantes dos quais mais tarde poderíamos nos arrepender e que nos causariam remorso.

- Posso imaginar quem seja.

Smith e Katharine se olharam e começaram a sorrir.

- Nós amamos você, pai. Desculpe-nos se o magoamos, mesmo querendo acertar.

- Tudo bem, filho. O importante de tudo isso é estarmos aqui agora acordando para a realidade enquanto temos tempo. E, saibam, estou bastante vivo.

Todos estavam felizes. Confraternizando depois de uma inesquecível viagem. Muitos passageiros já estavam comentando sobre outras possíveis experiências iguais às que acabaram de vivenciar. A festa estava impecável. Não faltava nada, todos os detalhes estavam rigorosamente no lugar e tudo acontecia no horário programado. De repente, a orquestra parou de tocar e todos ficaram olhando um para o outro sem saber o que tinha ocorrido. Manzon subiu ao palco.

- Senhoras e senhores. Não tomarei muito tempo. É com imenso prazer que venho anunciar a todos os presentes que minha filha, Katharine Manzon, irá se casar. Hoje meu futuro genro é responsável por todos os tipos de entretenimento da Companhia Manzon. Portanto, ele será o responsável pelo divertimento de todos vocês. Divirtam-se e aproveitem esta belíssima festa.

Katharine e Jean Lucka apareceram de mãos dadas no centro do salão. Receberam os aplausos e subiram para os cumprimentos de Manzon. Mais aplausos puderam ser ouvidos e fotos foram tiradas do trio.

– Não sou muito bom com as palavras, sou bom com jogos e entretenimento. Mas estou muito feliz com o casamento com Katharine. Não tenho dúvida de que ela é a mulher com que pretendo passar toda minha vida.

Barthollo passou o microfone para sua futura esposa. Katharine olhou para os convidados em silêncio. Todos se calaram esperando o pronunciamento de uma das mulheres mais cobiçadas da América. A expectativa tomava conta pela demora da garota em iniciar seu discurso. Manzon e Jean Barthollo também estranharam e viram que algo acontecia. Quando menos esperavam, Katharine Manzon desmaiou no palco. A princípio, os dois suspeitaram que pudesse ser uma armação da moça, mas logo um médico que se encontrava no hotel fez o diagnóstico.

– Vamos levá-la para o hospital o mais rápido possível. Ela não está bem. Vamos torcer para que não seja o que estou suspeitando.

Manzon, em estado de choque, seguiu com Barthollo dentro da ambulância. O desespero foi tomando conta de todos. O percurso até o hospital foi dos mais agonizantes. Quando a ambulância chegou, a equipe médica já os aguardava. Katharine seguiu imediatamente para uma bateria de exames. Algumas horas depois, o médico responsável chamou os familiares para sua sala. Barthollo e Judith entram também.

– Senhores, o problema de Katharine Manzon é bastante grave. Ela tem cardiomegalia, uma doença que faz o coração crescer, dificultando a circulação de sangue, pois ele não consegue bombeá-lo com a força necessária. Acredito que seja herança genética.

- Minha avó morreu dessa doença - disse Manzon desolado.

- O que pode ser feito, doutor?

- No caso de Katharine, somente um transplante pode salvá-la. Não temos aqui no hospital nenhum coração compatível como dela. Verifiquei em outros centros, mas não obtive resposta alguma. Eu sinto muito.

A tristeza tomou conta da sala. Todos choravam sem acreditar no que estava acontecendo. Nada poderia ser feito. Todos tinham a sensação de impotência e ficaram aguardando notícias na sala de espera. Fora do hospital, jornalistas aguardavam notícias. A polícia tentava organizar as pessoas para minimizar o tumulto. Depois do diagnóstico relatado pelo médico, todos aguardavam o pior.

XXIV

– Oi, doutor, gostaria de perguntar sobre a mulher que deu entrada há poucas horas, Srta. Katharine Manzon.

– O que o senhor é dela?

– Sou o homem da vida dela.

– Mas acabei de falar com o noivo.

– Não disse que sou o noivo. Disse que sou o homem da vida dela. Por favor, não vamos perder mais tempo.

O doutor olhou para o rapaz visivelmente cansado. Mesmo com tantas lágrimas, era possível notar seus olhos vermelhos.

– Sente-se e fique calmo. Vou pegar uma água para você.

– Não precisa chamar os seguranças... irei embora. Só preciso que me conte a verdade, pelo amor que você sente por sua esposa. Qual é a real situação de Katharine?

– Tudo bem, não irei mentir. O quadro dela é bastante delicado e, quanto mais tempo passar, menos chance ela terá de sobreviver. Na realidade, chance ela teria se o coração de um doador aparecesse, mas isso não será possível, pois, como nós sabemos, ela teria que entrar em uma fila de espera e tempo é o que ela não tem. Eu sinto muito, filho...

– Doutor, quanto tempo ela ainda tem?

– Não muito, e isso já foi comunicado a toda família. Mas ninguém pode fazer nada. Na verdade, vamos esperar um milagre, de repente um doador passa por aquela porta. Sinto muito. Sinto mais ainda porque ela está grávida.

– O quê?

– É o que estou lhe dizendo, filho. Ela está grávida de algumas semanas.

Vicenzo encostou-se na parede da sala e começou a gargalhar sem parar. O médico estranhou o comportamento do rapaz, que havia surtado com a notícia. Tinha sido demais para ele. O médico o olhou com pena e entendeu a dor daquele homem. Imaginou-se naquela situação. Começou a compreender o tamanho do amor do rapaz. Ele mesmo nunca havia visto nada na vida. Também sentiu-se domado pelo peso da impotência.

– Obrigado, doutor, por dar-me a pior e a melhor notícia da minha vida. Acho que não tenho mais nada para perguntar.

Carlo saía lentamente pela porta, mas, de repente, retornou e disse:

– Ah! Só mais uma pergunta, doutor.

– Pois não.

– Já que o senhor lida com a vida todos os dias, me responda. Qual é o sentido maior da vida?

– Ainda não descobri, filho. Mas acredito que possa ser viver com segurança.

– Pode até ser mesmo. Eu poderia até crer nessa verdade se não acreditasse tanto no amor. Quando se acredita de verdade na existência do amor, viver com base em segurança não é suficiente. Com o amor, sentimos a integração de todos os outros sentimentos. Conseguimos enxergar a conectividade entre os seres. Como um soldado espartano, não se tem medo de enfrentar nada. Quando valorizamos sua existência, as pessoas e as ações começam a fazer mais sentido e não conseguimos mais viver sem a força desse sentimento. Algumas pessoas o chamam de fé. Se um dia o senhor se permitir senti-lo, não se assuste com a felicidade que o inundará. A partir daí, não conseguirá mais viver sem ele. Vai desejá-lo. Nem que seja para viver por poucos segundos. Esse, doutor, acredito que seja o verdadeiro sentido da vida. Mas não podemos compreender o que não possuímos, não é verdade? Por favor, leve-me até Katharine.

O médico, ainda refletindo sobre o que acabara de ouvir, o conduziu até o quarto em que estava Katharine, que já se encontrava debilitada e com uma voz fraca.

- Doutor, deixe-nos sozinhos por alguns instantes.

- Não demore... ela não pode falar muito.

- Tudo bem... não irei demorar...

- Meu amor... como está se sentindo?

- Fraca... mas feliz por você estar comigo.

- O médico disse que você vai ficar boa.

- Não tenha tanta certeza.

- Vai, sim... acredite! Confie em mim... vai dar tudo certo.

- Vou lhe pedir somente uma coisa, meu amor? Prometa que cuidará bem de si quando sair... eu sempre amarei vocês. Além disso, onde existir amor... existirá vida... guarde sempre isso com você.

Logo em seguida, Carlo a beijou.

– Por que você está me dizendo isso?

– Agora você precisa descansar...

– Carlo... nãoooo... não me deixe... por favor, não me deixe... eu te amo.

A equipe de enfermeiras e o médico entraram no quarto para conter Katharine. Carlo Vicenzo, ao passar da porta do quarto, sentou no chão e chorou como nunca. Depois de algum tempo, ele se levantou com uma única certeza em sua mente. Passou pela sala de espera e viu Barthollo, Manzon e os seguranças.

– Olha lá o desafeto do senhor Manzon.

Barthollo acalmou os seguranças e foi ao encontro de Vicenzo.

– Você a viu? Ela vai ficar boa?

– Vai, sim, Judith... e você vai cuidar bem dela, não vai?

A governanta em prantos:

– Sempre vou amá-la, meu filho, nunca se esqueça disso... Por que você está chorando? Sempre soube que você é um homem bom.

– Mas não o melhor para Katharine.

Ao sair, parou em frente a Barthollo.

– E agora, Vincezo? Nem eu nem você...

– Meu incorrigível Jean Lucka Barthollo... você é um homem de pouca fé. Não sou obrigado a gostar de tudo, mas sou obrigado a ter respeito por tudo. Existem duas coisas que são inegociáveis neste mundo: a felicidade e o respeito. Eu respeito a sua natureza, a minha você já conhece.

Assim como a árvore precisa do vento para sentir o movimento, eu preciso do amor para sentir a vida... a felicidade.

- Em uma coisa eu concordo com você, todo mundo se nega a sofrer por amor, mas todos admitem querer um amor para a vida toda.

- Eu só preciso ser feliz um dia de cada vez e, assim, quando olhar para trás, enxergarei o quanto de amor pude espalhar por onde passei.

- Apesar de não compartilhar de sua natureza, eu também o respeito. Todo homem vive uma personagem e sonha com uma mente livre... e você vive essa liberdade. Da sua felicidade, senti inveja.

- Só mais uma coisa. Toda essa confusão e todo esse ódio foram uma provação pela qual tínhamos que ter passado. E, sozinhos, cada um com seus desafios, continuaremos a vencer os nossos próprios medos. Superamos os obstáculos que o destino nos impôs. Conseguimos. Crescemos muito e aprendemos com tudo isso. Devemos superar os obstáculos e dar qualidade a todos os dias de nossa caminhada. Não se esqueça de que a vida começa com um "bom dia". Lembre-se de agradecer por mais um dia produtivo, e, se possível, passe a maior parte do tempo ao lado das pessoas que ama... Não é bom ficar sozinho.

- Sem ressentimentos?

- Sem ressentimentos.

- Cuide bem deles...

- Irei cuidar. Deles? Quais "eles"?

Carlo saiu do hospital sem olhar para trás. Começou a se lembrar dos carinhos de sua mãe e dos ensinamentos de seu pai. A sua vida realmente tinha sido maravilhosa.

Juan Carlo Vicenzo fechou os olhos e atravessou a avenida em frente ao hospital. Foi atingido por um veículo que o arremessou longe. Toda a ação já estava em seus planos. Realmente essa viagem mudaria para sempre seu destino. Carlo foi levado de volta para o hospital. A equipe médica agiu com rapidez. Com muito esforço, Carlo conseguiu murmurar para o médico:

– Doutor, agora faça o que tem que ser feito.

É engraçado como nossos últimos segundos de vida são os mais importantes...

Carlo sentiu seu último sorriso. Apesar de toda a dor, estava com um semblante tranquilo. Parecia estar agradecendo. Seus olhos piscavam lentamente. Foi sentindo seu coração diminuir o compasso.

O médico e sua equipe ficaram surpresos com a paz que o rapaz trazia em sua fisionomia, mesmo tendo sido atropelado. Nunca tinham visto algo semelhante.

Os pensamentos de Vicenzo fluíam com muita rapidez:

"Será que vão me perdoar pelos pequenos pecados? Pelo beijo de despedida que não dei em minha mãe... pelo abraço que não dei em meu pai. Espero que me compreendam. Espero que me perdoem pelas desculpas que não pedi àqueles que nunca mais tive a oportunidade de ver, pelos livros que parei de ler na metade... pelos pensamentos levados pelo *feeling* de cada situação... O que me conforta hoje é a minha autenticidade, o fato de minha digital ter marcado os momentos mais cruciais desta passagem. No último segundo, olhando para o fiel da balança, posso dizer... sou feliz, mesmo em minha despedida. Sou corpo, sou matéria, amanhã serei ideia..."

– Vamos levá-lo para a mesa de cirurgia. Preparem a senhora Katharine para o transplante, ela teve muita sorte.

A equipe não entendeu o que o médico acabara de falar.

– Vamos, rápido, mexam-se.

Na sala de espera, em meio à tristeza e às desilusões, uma enfermeira noticiou:

– Gostaria de informar que a Srta. Manzon está sendo conduzida para a sala de cirurgia.

– O que você está dizendo?

– Sim, apareceu o doador para ela.

Em meio à euforia, Jean Lucka Barthollo sentou e se lembrou de Vicenzo:

– Não pode ser... Não acredito que você fez isso... você fez tudo de caso pensado. O que você fez?

Desesperado, Barthollo saiu correndo.

– Enfermeira, onde está o doador?

– O senhor me desculpe, mas é contra as normas o envolvimento entre as famílias.

– Que se danem as normas... onde ele está?

A enfermeira, com medo da reação daquele homem possesso, apontou para a sala de cirurgia. Barthollo saiu correndo para confirmar. Quando entrou, viu Carlo na mesa. Ele se aproximou lentamente. Em lágrimas, se aproximou:

– Seu idiota, por que você fez isso? Não deveria...

Carlo o olhou com ternura.

– Está tudo bem... tudo vai ficar bem. Cuide deles.

E olhando para o amigo abriu seu último sorriso.

– É... você está feliz e com brilhos nos olhos, meu amigo.

A segurança do hospital e a equipe médica, quando chegaram à sala, encontraram aquele homem em prantos sobre a mesa.

– Vamos, senão não dará tempo.

XXV

"Fazer valer a pena", esta é minha frase favorita. Demorei para aprender o verdadeiro significado da vida. Tudo vale a pena, desde que se construa um objetivo. Comecei minha história como amador e cheguei ao topo, tão alto que nem meu pai poderia imaginar. Trabalhei duro e alcancei o que eu queria. Aumentei o patrimônio do Grupo Capriatti Manzon, que hoje vale cinquenta vezes o que valia quando assumi a presidência. O velho carcamano teria orgulho se estivesse vivo. Já me encontro velho e cansado. Vou terminando meu último dia de vida olhando para o mar. Porque é uma das poucas coisas que ainda me satisfaz. Acho que por causa daquela viagem inesquecível. Sinto-me livre quando olho para essa imensidão. Ela me faz lembrar das aventuras com Vicenzo. Tenho muitas saudades daquele que foi meu único amigo em toda a trajetória de minha vida. Não há um dia sequer em que não me recorde daquela fatídica noite no hospital. É um fantasma que me acompanha até hoje. Apesar de sua natureza ser oposta à minha, desconfio que Carlo sempre soube como tudo terminaria. Ressalto a importância de dominar o equilíbrio entre a razão e a emoção. É um poder sem limites, pois a vida é feita de escolhas. E é justamente esse equilíbrio que contribui para a diminuição das escolhas incorretas. O fiel dessa balança entre razão e emoção sempre foi Katharine.

Os encantos e a vida de Juan Carlo Vicenzo a seduziam. O desejo dele de viver era surpreendentemente inesgotável. Mas a segurança e cumplicidade a fizeram ancorar em meu porto. Casais só permanecem juntos quando se têm o mesmo objetivo. Sempre a amei *a mi manera*. Sei que essa não é e nunca foi suficiente para completar seu coração. Mas tenho que concordar que a vida nos deu um presente que nem todo o dinheiro que ganhei poderia comprar, Átila Vicenzo. Somente ele preenche nosso vazio. O rapaz tem as duas forças consigo. Ele consegue ser eu e Juan Carlo ao mesmo tempo. Para a felicidade de Katharine e minha também. Por esse genuíno amor, abracei mais do que meus braços alcançavam, mas consegui.

Que frio sinto agora... Carlo? Katharine? Sabia que vocês viriam me buscar...

Barthollo estendeu as mãos em direção ao mar e fechou seus olhos para nunca mais abri-los novamente.